魔幻侦探系列
5

歌中消失

林詠琛 ⊙ 著

深圳出版社

图书在版编目（CIP）数据

歌中消失 / 林詠琛著 . —— 深圳：深圳出版社，
2025.1. ——（魔幻侦探系列）. —— ISBN 978-7-5507
-4111-9

Ⅰ . I247.5

中国国家版本馆 CIP 数据核字第 2024K1T433 号

版权登记号 图字：19-2024-167

歌 中 消 失
GEZHONG XIAOSHI

出 品 人　聂雄前
责任编辑　何旭升　孙　艳
责任技编　梁立新
封面设计　于吴万勋

出版发行　深圳出版社
地　　址　深圳市彩田南路海天综合大厦　（518033）
网　　址　www.htph.com.cn
订购电话　0755-83460239（邮购、团购）
排版设计　深圳市无极文化传播有限公司　Tel：19168919568
印　　刷　深圳市汇亿丰印刷科技有限公司
开　　本　889mm×1194mm　1/32
印　　张　6.375
字　　数　140千
版　　次　2025年1月第1版
印　　次　2025年1月第1次
定　　价　50.00元

目 录

Chapter 0　楔子

天空下着滂沱大雨。

女孩垂下脸急步向前跑，双手交抱在胸前，紧紧夹着怀里的橙色文件封套。

像在保护宝贝的孩子般，紧紧地抱着。

雨丝沿着女孩乌亮的长发末梢滴落。

终于有避雨的地方了。女孩在心里吁一口气，加快脚步跑向街角，在湖水绿色帐篷下停住脚步。

刚才一鼓作气忘情地跑，已经辨不清方向了，总而言之，终于停在把风雨挡在外边的绿色帐篷下。

这里是哪里？

女孩从斜背袋里掏出面巾纸，抹抹脸蛋又抹抹长发，抬起眼睛环视四周。

背后是一栋糅上奶黄色油漆的小平房。

深棕色木门与小巧雅致的四方形木造窗框。

从窗户看进去，室内亮着橘黄色灯光，是家只有一列小吧台，摆设了四张木椅子的咖啡馆。

深棕色吧台上方，悬挂着几个布玩偶。

头上顶着尖尖的红色或黑色三角帽，身披长袍，跨坐在扫帚上的女巫玩偶。

女孩这才发现咖啡馆门前放着一块立地砖红色木牌，木牌上用黄色蜡笔写上了 Witchcraft Café 的字样。

女孩再看了一眼从天空倾泻而下的雨丝。

大雨好像还会下好一段时间。

女孩耸耸肩，推开咖啡馆的木门。

馥郁的咖啡香扑鼻而来，吧台后仪态优雅的中年女人微笑着说了声"欢迎光临"。

"突然下起好大的雨呢。"中年女人亲切地说。

女孩从没试过独个儿光顾咖啡馆，有点腼腆地走向最左边唯一空出来的一张椅子。

吧台前其他三位客人自然地抬头看了女孩一眼。

最右侧是一对大学生模样的情侣。

女孩旁边是独个儿在看书的青年。

女孩点了牛奶咖啡。

咖啡馆内播放着柔柔的轻音乐。

四个客人安静地喝着咖啡。

一直轻敲着窗户的雨滴，像在为室内流泻着的音乐旋律敲打着拍子。

女孩从橙色文件封套内，小心翼翼地拿出一沓乐谱，把乐谱摊放在吧台上，用纸巾细心地吸干雨滴，再把乐谱重新收好。

过了好一阵子。

身旁的男孩视线还停留在书本的铅字上，像无意识般用鼻音轻轻哼出一段音律。

女孩身体微微一震，掉过头看向男孩。

"噢，对不起。"

男孩尴尬地捋了捋垂在额前的柔软黑发。女孩微笑摇摇头。

"只看过一眼便能哼出来吗？"

男孩微微颔首，但笑而不语。

"听起来怎样？还可以吗？"

女孩睁着清灵的眼眸，有点紧张地看着男孩。

"很温柔的旋律。"男孩平静地说，再瞄了一眼橙色封套内的乐谱，"是你作的曲子？"

"嗯。"女孩用力点头。

"mi do / do re do si / si do si la / la si do re / re sol fa mi……"男孩的声音轻柔低沉。

每个音符没有丝毫差错，女孩对男孩的记忆力和音乐感暗暗佩服。

"感觉很不错的曲子。"男孩说。

"真的吗？"

"嗯。"

"太好了。"

就那样，两人自然地打开了话匣子，谈起大家喜欢的音乐。

像滚雪球般，从音乐谈到电影，从电影谈到小说，从小说谈到旅行，从旅行谈到美食，从美食谈到童年，从童年谈到令人怀念的场所，从令人怀念的场所，又谈到令人怀念的老歌。当话题再次回到音乐时，两人的对话已绕了好大的一圈。

咖啡馆内的古老挂钟，也已经走了一圈、一圈又一圈。

大雨早就停了。

两人却浑然不觉。

对男孩和女孩来说，咖啡馆已恍如剧场布景般淡出，在旋转的舞台中央，只有眼前那个人，散发着温暖柔和的光芒。

明明是灯光那么昏暗的小店，却像燃点起了照亮人心的光芒。

墙上古老挂钟的钟摆摇荡起来。当——当——当——当——当——当。报告着下午六点的钟响。

男孩和女孩不约而同猛吸一口气，把视线调向挂钟。

当——当——当——当——当——当。

那像镶满了魔法般的奇幻时间，就那样一去不回了。

男孩和女孩一同带点茫然地回过脸来，目光互相碰触。

女孩眨着如小鹿般的美丽眼睛。

男孩觉得整个身体热了起来。

005

这女孩真像一只在森林中迷途，被雨淋湿了的小鹿啊。男孩在心里想着。令人想好好抱在怀中，怜爱疼惜的小鹿。

女孩呆呆地迎接着男孩热切的目光，在心里暗祷着这场大雨永远不会停。（她丝毫没有发现大雨早就停了。）

男孩和女孩忘情地互相注视。

两人在心底里都知道应该移开目光，但谁也舍不得撩动飘浮在两人之间，静止透明的空气。

咖啡馆女主人在女孩和男孩面前的玻璃杯里添注冰水。

其实过去三个多小时，女主人已经为两人添加了好几次冰水，只是两人浑然不觉而已。

女孩尴尬地从男孩脸上移开视线。

刚才坐在男孩身旁的那对情侣，也不知什么时候已经结账离开了。

吧台上方的一个个小女巫玩偶，在空调吹出的暖风中，缓缓转动着身体，黑色纽扣缝缀成的眼睛，静静凝视着男孩和女孩。

"噢，这些冰块很漂亮啊。"

女孩眯起眼睛，注视着玻璃杯中，一块块悬浮着的冰块。

在每块透明的冰块中央，好像有点什么东西在闪闪发光。

女孩再定睛细看。

每颗冰块里，藏着小小的银制吊坠。

有十字架形状、贝壳形状的，还有海豚等形状的。

女孩看得傻了眼。

"好可爱。"

"这是本店特别为客人调制的哦。"

女店主朝男孩和女孩挤挤眼睛。

"是注入了爱情咒语的魔法冰块。"

女店主轻笑，以半开玩笑半认真的表情说道。

女孩倏地红了脸，像骤然回过神来般垂下脸。

"噢，已经这么晚了。"

女孩突然站起来，从斜背袋里掏出皮夹抽出纸币。

"我、我要回家了。"

女孩自言自语般呢喃，拉开椅子，若有所思地看了男孩一眼。男孩仍然如在梦中。

"谢谢你，跟你谈话好愉快。"女孩低着头小声说。

男孩愣愣地站起来。

"我、我也是。"

"谢谢招待。"

女孩朗声朝女店主说了一声，重新把橙色文件套抱在胸前，朝咖啡馆门口走去。

"再见。"

女孩拉开大门前，回过头，也不知是跟女店主还是男孩说道。

待女孩拉开大门离去后，男孩才如梦初醒。

就是那样吗？

结束了吗？

不是有点什么，很重要的什么，将改变自己一生的什么，才刚刚开始吗？

这个下雨天的邂逅，会改变两个人今后的命运，男孩确切地感受到了。

他一直在等待，等待了好久，好久好久好久，就是在等待自己的人生中，出现那样的一瞬间。

男孩猛地站起来，甚至忘记了结账，也忘记了丢在椅子上的背囊，拔脚朝门口跑去。

女孩低着头走在对街的人行道上，显得有点落寞的背影，就要消失在街道的弯角。

男孩一个箭步跑过马路，追着女孩的背影跑。

女孩听见脚步声回过头来。

男孩安心地停下脚步，微微喘着气。

他可以预感到，这将是一个美丽故事的开始。

数十年后，他一定仍然不会忘记这一天。

不会忘记，这突然像从森林里钻出来走进他的人生，被雨淋得浑身湿漉漉的，小鹿般的女孩。

数十年后，两人头发花白时，也会一起笑着回味这天的点滴吧。

男孩脑海中，仿佛可以清晰看见那处属于未来的风景。

女孩额前的刘海和披肩长发，被风柔柔吹起，那白皙得恍如透明的脸蛋上，笑意如涟漪般缓缓漾开。

女孩乌黑的眼睛深深凝视着男孩，甜甜的笑意，弥漫着她的眼角和嘴角。

男孩脸上也布满了笑意。

两人就那样稍隔一点距离，快乐地相视而笑。

女孩脸上，散发着坠入爱恋中女孩独有的光彩。

令人炫目、圣洁美丽的光辉。

Chapter 1　五线谱的预言

孔澄在洒满阳光的蓝色池水中利落地翻了个筋斗，双脚在泳池壁上用力一蹬，四肢动作和谐地配合着呼吸，在二十五米长的泳池中游着。

由逊毙了地抱着救生圈练习开始，到手忙脚乱令人惨不忍睹的狗刨式，进展到像蚂蚁般缓慢向前划游的蛙式，到今天能优哉游哉地游着自由泳式，天生畏水的孔澄，可是花了上万元请私人教练授课，无数次被教练骂得狗血淋头，加上无数个浮沉在泳池中，感觉生不如死的日与夜的。

真是"贴钱买难受"哦。孔澄曾经不断那样想，好几次甚至想用双手捏断教练粗大的脖子（当然那在实际上是办不到的，只是想想而已）。

幸好还是冒死拼过来了，今天才可以用那么优雅潇洒的姿势，享受游泳的乐趣呀。

正当孔澄心里洋洋得意地完成第十五个直池，右手刚搭上池边，从水里探出头来时，十只涂着粉紫色指甲油的脚趾映入眼帘。

"你那是什么狗刨自由式？好不容易学会了，乖乖游蛙式就好啦。"

穿着白色套装的康怀华，理理裙摆蹲下来，伸出手指点点孔澄的湿漉漉的额头。

孔澄吓了一跳，嚷道："康怀华，你在这儿干吗？"

下午四点多，不是只有她这个不事生产，胡胡混混一个月又等出粮的报纸饮食版小记者，才会胆大包天地欺瞒上司同事说要出去搜集资料，然后开溜去游泳池戏水的吗？

康怀华这个广告界女强人加工作狂，还未到日落星移，回家来干什么？

"这是我家大厦的泳池呀，泳池管理费可是我缴的，每天让你拿着我的住客证过来玩，我想提早回家休息也要预先向你禀报吗？"

康怀华嘟嘟嘴巴。

"你怎知我在这儿？"

"你天天都荒废事业孵在这儿，管理员天天向我报告，想向我八卦你呀。活得那么清闲，又不像被人包养的女子，你早成了这幢大厦的名人了。"

"为什么我不像被人包养的女子？或者不用工作的少奶奶？"孔澄愣愣地问。

康怀华偏起头，以夸张的表情探视着孔澄的脸。

"很可惜，就是没有一根骨头像咧。"

康怀华大笑起来。

"讨厌，讨厌鬼。"

孔澄朝康怀华扮个鬼脸，转身挑战第十六个直池。

孔澄跟康怀华自小学起就是形影不离的"双妹唛"①。

两人的性格南辕北辙。

孔澄个性不切实际，每天生活像游魂，只会看小说、漫画和电影，睁着眼做白日梦。小妮子由中学便开始积极憧憬着的

011

————————
① 姐妹花。

浪漫爱情，也从未发生。

不不不，二十六岁那年，孔澄遇上了叫巫马聪的男人。

那个自称是冥感者的男人，硬是说孔澄拥有跟他一样的异能，要培训她成为他的接班人。

自此以后，两人一起被卷进了各种各样不可思议的事件。

巫马聪，总是嬉皮笑脸，吊儿郎当，帅气的脸像 IQ 博士般只会闪现一刹那又消失，真正的心情像个黑洞般令人捉摸不透，总是叫孔澄的心七上八下。

孔澄的人生和爱情，好像硬是执拗地在原地打转，不进不退。

和孔澄刚好相反，康怀华个性踏实精明，二十多岁在工作上已小有成就，跟男友饶进从大学时期开始爱情长跑九年，是典型令人艳羡的女性贵族。

天南地北的个性，却无损"双妹唛"的情谊，见见面抬抬杠，两人好像永不言倦。

孔澄游了两个直池回到康怀华跟前，头刚从水底冒出来，康怀华又抢白她。

"都叫你游蛙式就好啦。不听老人言，吃亏在眼前。"

孔澄委屈地嘟起腮帮。

"游自由式不是比较潇洒有型吗？"

康怀华掩着嘴失笑。

"但是你的自由式像狗刨式呀。"

"我已经每天埋头苦练了，怎会像狗刨式？你铁定是妒忌我聪明伶俐，才一个月就学会游泳。"

康怀华翻翻白眼。

"是呀，我妒忌死了。"

康怀华一脸没好气。

"我是为你好哦。你那么咬紧牙关练习，不就是为了想巫马带你去热带岛屿度假吗？你游那样的狗刨自由式，我担保那滑头巫马立即装作不认识你，去跟度假村的漂亮女服务生打情骂俏。"

孔澄双手扶着池边咬着唇。

一个月前，巫马曾不经意地说：

"天气那么热，真想找个热带岛屿去旅行，天天躺在泳池畔。真可惜孔小澄不会游泳咧。"

孔澄的心扑通扑通地跳。

巫马的意思是，想跟她一起去旅行吗？

一起去旅行，那么……

孔澄想象着在布满阳光的海滩，和巫马两人在沙滩上并肩漫步。

像老掉牙的电影和小说场景般，男和女沐浴在夕阳下的身影，一步一步移近……贴近……

孔澄的心就要从胸腔里跃出来了。

"巫马喜欢阳光海滩？"孔澄猛眨着眼睛问巫马。

"阳光海滩是布景，比基尼女郎才是主菜。"

巫马又挤起那张黝黑的沙皮狗脸，露出一排洁白的牙齿吃吃笑着。

"只是随便说说啦。孔小澄既不会游泳，又不喜欢晒太阳。"

巫马说着说着又转个话题了。

孔澄却因为巫马的一句话，全身注满了能量。

她从小就畏水，可没有想过，不懂游泳，会左右自己的毕生幸福哦。

和巫马肩并肩在异国小岛的沙滩上漫步，在令人沉醉的夕阳余晖中，奇迹般的美好事情，说不定就会降临自己头上咧。

对了，就把心一横去学游泳好了。

穿着漂亮的比基尼泳装，在碧波中像女飞鱼般畅泳，叫巫马另眼相看。

"不过我看呀，巫马不过不经意随便说说，早就把自己的话忘得一干二净了。你这狗刨式，真的有用武之地吗？"

康怀华恍如把一盆零下十度的冰水一头淋向满腔热情的孔澄身上。

"我才不跟你这种无知妇孺谈话。"

孔澄气呼呼地挥掉康怀华向她伸出来的手，像小狗般爬上泳池畔，朝太阳椅走去，拿起毛巾搭在肩上。

"我反正回来了，上我家淋浴吧？"

"我又没替你缴水费。"孔澄仍然噘着嘴巴气呼呼地说。

"不上来就算了，家里冰箱有文华酒店的云石乳酪蛋糕，还想招待你吃的。"

康怀华眼角瞄向猛吞着涎沫的孔澄。

"噢，我，我还有点时间，也可以上去坐一会啦。"

康怀华用手点点孔澄的额头。

"馋嘴鬼。"

"明明是你引诱我的。"

"孔小澄你这种让人一眼看穿的个性，钓不到男人的啦。"

"闭上你的乌鸦嘴。还有，不要唤我孔小澄呀，真名是秘密。我是孔澄，听起来大方聪慧多了。"

"行不改名，坐不改姓。巫马可以那样唤你，我就不可以吗？孔小澄重色轻友。"

"再唤我孔小澄捏死你。"

"那你先捏死巫马，可惜你又舍不得捏死你的未来夫君。"

"康怀华你今天小命不保了。"

孔澄打开毛巾，把湿漉漉的身体靠向康怀华昂贵的套装。她慌忙提着高跟鞋向前跑。

"不要过来，你离我远点。喂，不要过来呀。"

"嘿，你的名贵 Yohji① 就那么泡汤了。"

两个女生嘻嘻哈哈地你追我打。

那时候，拥有不可思议感应能力的孔澄，却丝毫没有察觉，跟康怀华一起度过，那样如梦般的快乐时光，已经在一秒一秒，朝最后的终点倒数了。

滴答滴答滴答。

属于两个人，最后的时间，一分一秒，自顾自地向前流去，

———————————

① 日本著名设计师山本耀司的服装品牌。

无法挽回，无法逆转。

淋浴后，孔澄舒服地伸长手脚，躺在康怀华公寓客厅的沙发上。

"好爽啊。"

激烈运动过后，全身软瘫瘫地，好像随时也可闭上眼睛睡个大觉。

康怀华独居的公寓比孔澄的小窝气派多了，孔澄常戏称这儿是糖果屋。

因为康怀华喜欢缤纷的色彩，映入眼帘的尽是跳跃的亮丽颜色。

鲜橙、嫩黄、桃红条纹的布沙发，胭脂红色地毯，彩蓝色水滴形玻璃灯罩，插满紫色郁金香的粉红水晶花瓶，青柠色的亮面餐桌和白椅子，连冰箱也是耀眼的橘子色。

因为色彩作用吧？这房子总好像散发着糖果般的甜美香气，每次踏进公寓里，孔澄也会想起小时候最爱吃的包装棉花糖。

排列在透明胶袋里，一块块色彩漂亮的粉色棉花糖，含在嘴中，散发出甜甜腻腻的柔软口感。

实在是跟五官精致小巧的甜姐儿康怀华很相衬的房子。

"孔小澄只会吃和睡，小心变胖猪。"

康怀华从开放式厨房里打开冰箱，拿出文华酒店的蛋糕盒子。

"我刚才游泳一小时，消耗了 288 卡路里。"

"孔小姐，一片云石乳酪蛋糕有 280 卡路里，你又白费气力了。"

孔澄咂咂舌。

"那明天再游二十个直池好了。美食当前，我不入地狱，谁入地狱？"

"明天你又想翘班？到底哪个失心疯还不请你吃豉椒炒鱿？①"

"现在是纤体精神统治全球的时代，全天下的女子都闻吃色变呀，谁像我那么有为工作自我牺牲的大无畏精神？老总不知多看重我。"

"是没有其他人应征那么低薪又无聊的工作吧？"

"你这个奴婢真要拉下掌嘴，民以食为天，我的工作不知道多么富有意义。"

康怀华翻翻白眼。

"请你吃下午茶还不过来帮忙？"

"切块蛋糕，又不是生宰活鸡。"

孔澄嘀咕着，还是不情不愿地爬起身，走到康怀华身后。

"喂，不要那么吝啬啦，你一个人也吃不下，切大块一点嘛。"

孔澄在康怀华身后指指点点。

"女皇陛下，是是是。"

孔澄转身从橱柜里掏出玻璃杯，打开冰箱掀出冰格，把冰

017

---

① 意指辞退。

块哗啦哗啦地倒进玻璃杯里。

康怀华闻声回过身来，看着孔澄手里拿着的玻璃杯，直着嗓子尖叫起来。孔澄吓得差点把杯子跌在地上。

"干吗？"

康怀华一张脸扭曲着，眼珠像快要从眼眶跳出来。

"孔小澄，立即放下、立即放下你手里的东西。"

孔澄吓得倒退了两步，急急把杯子放回流理台上。

"我不过想喝杯冰水哦。"

康怀华惨叫着拿起杯子。杯里的冰块互相碰撞，发出清脆的铿锵声。

"我的魔法冰块泡汤了。"康怀华继续惨叫。

孔澄这才发现杯里的冰块跟普通的冰块有点不一样，每块立方体冰块中央，有什么东西在闪闪发光。

孔澄眯起眼睛注视着康怀华手上的杯子。

"冰块里头，藏着银吊坠吗？"孔澄讶异地瞪大眼睛。

仔细看的话，每颗冰块中央，果真嵌着不同形状的银吊坠。

十字架形、贝壳形、海豚形、小鸟形、四叶草形、心形、弓箭形。

康怀华用力点头，还是一脸哭笑不得。

"这是什么古怪玩意儿？"

"我注进了爱情咒语的魔法冰块呀。孔小澄你不是传媒人吗？一点也追不上潮流。"

康怀华从鼻孔里哼着气，小心翼翼地把冰块逐颗逐颗放回冰格内。

"什么潮流？"孔澄皱起布满雀斑的鼻头。

"在网络上传开来的魔女爱情必胜秘方呀。好好听着，想你的意中人爱上你，或是加强情侣间的绵绵情意，就要亲手炮制这种魔法冰块，加上有汽葡萄酒或有汽矿泉水让对方饮用，他就会被你的爱情咒语击中，对你不离不弃了。这是象征爱情的冰块呀。我要给饶进喝的，你这小鬼不要碰。"

"哪有这么简单的爱情咒语？"

"说实话，其实完整的秘方很复杂啦。除了爱情冰块，还要加上'魔女求爱精华'，什么在圆月之夜，在右手食指系上薰衣草色缎带蝴蝶结，心里一直想着那个人，把切成心形的野草莓、七瓣莲、琉璃苣、砂糖、柠檬汁什么的一大堆浸泡在有汽葡萄酒里两个小时，再将那精华加上冰块和葡萄酒。听起来也烦死了，只做个冰块就简单多了。"

孔澄翻翻白眼，说："你那么半吊子地干，怎会成功耶？"

"省时间嘛。我公司的女孩都只用爱情冰块啦。"

"喂，那个、那个完整的秘方……"孔澄有点吞吞吐吐地说。

康怀华终于会过意来，露出促狭的笑容。

"你想要？想调给巫马喝是吧？"

孔澄拼命摇头，说："我哪会使旁门左道？只是增进知识啦，增进知识。"

"是是，待会我找给你。"

康怀华笑着摇头，珍而重之地把冰块放回冰箱。

019

孔澄纳闷地看着康怀华若无其事地关上冰箱，重新拿起刀子把乳酪蛋糕切成漂亮的三角形，放在印着彩虹图案的碟子上。

一直以来，只有孔澄会相信什么爱情咒语呀、魔法呀等奇怪玩意儿。

孔澄每次把桃花或别人婚礼上拿回来的结婚蛋糕块偷偷放在枕头下睡觉，想招个如意郎君时，总被康怀华掩着嘴大大嘲笑一番。

康怀华是不是中邪了？

孔澄把手背放在康怀华额头上。

"康怀华好奇怪哦，中午翘班回家，还炮制什么爱情冰块，你是不是中邪了？"

"你才中邪。不过，这种玩意儿，试试也没坏嘛。"

康怀华有点心绪不宁地甩甩头。孔澄眯起眼睛挑起眉毛。

"你和饶进怎么了？那大块头不是被你套得牢牢的，逃不出你的手掌心了吗？"

饶进是个长着一张漫画脸，憨憨直直的大块头律师，跟康怀华 从大学时期开始交往，对她一向死心塌地，对其他女生目不斜视。

康怀华少有地愁眉轻锁，忘记了自己手里提着尖尖的利刀，茫然地托起腮来。

"前几天，我们吵了一场大架。"康怀华挂下脸闷闷地说。

"嘎？"

"我跟其他男生出去喝酒，被他碰个正着。"

"啊，你红杏出墙。"

"神经病，喝杯酒怎算红杏出墙？孔小澄亏你还是个文字工作者。"

"我开玩笑啦。你和饶进不是一直甜蜜蜜得叫旁人汗毛直竖的吗，闹什么别扭？"

"你不觉得他愈来愈不紧张我吗？的确，他以前求过好几次婚也被我拒绝了，但那时我还不想结婚嘛。最近几年哦，他干脆对结婚的事只字不提。我们两人好久没有像样地约会过了，他心血来潮时就突然跑上来过夜，工作忙时好几天不来一个电话。前阵子，我们难得一起去饮茶吃点心，他竟然在我面前边大吃虾饺，边翻报纸。那是什么态度？简直把我当空气。"

孔澄不知好气还是好笑。

"他就是安心地认定了你，当你是老婆看待啦。老夫老妻还撒什么娇？"

"孔小澄，你说真心话，要是你男朋友或老公跟你饮茶时，一直低头翻报纸看，你会怎么样？"

孔澄的眼珠乌溜溜地转。

"说实话，我会在心里赏他两记耳光，然后把报纸抢过来撕个粉碎啦。"

"你看你看，那我不是特别母夜叉呀。"康怀华忘形地挥动着刀子。

孔澄悄无声息地拿下康怀华手上的刀子放进盥洗盆。

"不要激动，冷静冷静。男人就是那个样子，不能时时刻刻要求他们浪漫体贴又心细如尘，他们脑袋的构造跟我们不一样咧。"

"孔小澄你干吗一副恋爱专家的口吻？二十六岁才初恋，还被无定向风巫马弄得团团转的小女子。"

孔澄的气势和头颅也愈来愈低，说："我用想象的啦。"

"总而言之，我是故意带男生去饶进公司附近的酒吧，亲亲密密地喝酒，让他公司的眼线跑去通风报信，好让他来碰个正着的。我只是想他不要以为吃定了我，紧张紧张一下呀。怎知那个傻瓜，好像捉奸在床般气得脸红耳赤，一副要哭出来的样子，还跟我吵了一场大架。"

"因为饶进很纯情呀。"孔澄小声说。

"我只是想他好好反省一下我们的关系哦。怎知他现在对我不理不睬，好像全是我不对似的。"

康怀华愈说愈气，双眼红通通的，像快要哭出来。

"所以你便三魂不见七魄，连上班也无心恋栈，还炮制什么爱情冰块了？别乱钻牛角尖啦，你跟饶进好好解释清楚前因后果，他一定会明白的。"

"我才不要跟他解释。"

康怀华鼓起腮帮，忍着在眼眶打转的泪水。

"不要像小孩子那样呀。"

康怀华垂下眼睛，沉默了好半响后，以几若无闻的声音说：

"我好害怕。"

"嗯？"

"看见饶进气得青筋暴现的受伤表情，我心里却高兴起来。"

康怀华怯怯地抬起眼眸。

"孔澄，我好害怕。"康怀华轻轻叹口气，"怎么说呢，就好像，当爱情变成习惯以后，我们唯有通过伤害彼此，才能确认爱情依然存在。"

只有通过彼此伤害，才能确认爱情依然存在？

隶属爱情幼儿班的孔澄，有点无法明白那样的话。

"愈是爱，愈是会心不由己、言不由衷地去伤害对方。"康怀华自言自语般呢喃着，"为什么会变成那样？"

"别傻,让我来做和事佬吧,担保你们过几天便雨过天晴。"

孔澄搂着康怀华的肩膀。

康怀华一个劲摇头，说："这是我和他之间的事，应该由我们自己解决。"

"你不要逞强啦，听我说……"

康怀华只是猛摇头，吸吸鼻孔抬起头。

"我们到底说到哪里去啦。我们好久没聚过，怎么话题净在男人上打转？不要再说我和饶进的事了。你负责泡茶吧，我上网替你找魔女秘方，男人的话题就到此为止。我们俩好好坐下来聊天喝茶。"

康怀华像逃避什么似的向书房走去。孔澄急得直跺脚。

"康怀华，你不要顾左右而言他。"

"总而言之，你现在和巫马最幸福了，好好享受每一分每一秒啦。"康怀华背向着孔澄说。

孔澄垂着头小声嘟哝："我和他，根本还没开始耶。"

"所以，不是很幸福吗？"

康怀华回过头来，看着孔澄的眼睛说。

康怀华在书房里打开笔记本电脑。

孔澄在客厅餐桌上放好两人份的蛋糕和花草茶。

那是孔澄送给康怀华的蓝锦葵花草茶。

小小的紫蓝色花朵，静静地在薄瓷茶杯中旋转漂浮。

茶刚泡好时，茶色呈现漂亮的湖水蓝，但只要在茶里放进柠檬片，茶色转眼就会变成美丽的淡樱花色。

孔澄送给康怀华时，戏称这是魔法花草茶。

"又是这种奇怪玩意儿，孔小澄到底什么时候才愿意长大？"

那时候，康怀华接过花草茶包微笑着说。孔澄傻乎乎地答："永远也不。"

孔澄回想着不久前和康怀华之间的对话，把柠檬片放进茶杯中，凝视着由湖水蓝色转变成深蓝，再幻化成樱花色的花草茶。

这一刻，她真的好想自己拥有魔法。

那样，只要用魔法棒轻轻一点，饶进和康怀华就会言归于好，又甜蜜蜜地腻在一起吧。

可是，自己只拥有莫名其妙的冥感能力。

孔澄叹一口气。

书房里传出一阵悠扬的歌声。

似乎是某个女歌手的歌曲。

一把像从山谷深处升起，充满透明感的洁净嗓音。

"mi do / do re do si / si do si la / la si do re / re sol fa mi ……"

没有歌词，只用鼻音轻轻哼唱出音韵的奇异曲调。

每个音韵滴落淡淡哀愁。

美丽而悲伤。

孔澄不觉被那歌声吸引住了。

那是宛如涤尽世间尘垢的天使之音。

但是，每一个声音的粒子，却满溢悲伤。

听着听着，令人觉得心头像被压下铅块般沉重。

听着听着，孔澄脑海里飘浮过一幕幕自己以为早已遗忘的回忆。

小时候，在动物园里迷路，到处也找不着爸爸妈妈，自己那小小的无助身影。

在小学运动会上跳麻布袋时，跌了个四脚朝天，仰躺在跑道上，映入眼里苍蓝色的天空。

中学时，疼爱的狗狗老死时，它那双没有焦点地凝视着虚空的褐色眼睛。

孔澄没来由地双眼噙满了泪水。

泪水一滴滴滚落脸颊。

自己为什么在流泪？

是那把纯洁又充满魔性的嗓音。

孔澄茫然地用手背抹了抹脸上的泪水,情不自禁地站起来,朝歌声走去。

踏进书房里,孔澄发现康怀华也傻傻地在抹泪。

"那是谁的歌?"孔澄像梦呓般问。

"圣音。"康怀华吸着鼻子抬起头来。

"圣音?"

"网络上的神秘歌手。只上传了那么一首曲子,却一夜成名。在网络世界里,她现在是红透半边天的女孩哦。"

康怀华把电脑屏幕移了移方向,让孔澄看清楚。

网站的名称是"圣音使徒"。

歌曲播放时,屏幕不断变换着抽象的荧光图案。

一道道不同色彩的荧光放射线,如拥有生命的脉搏般,不断跳跃舞动着。

一曲既终,孔澄和康怀华仍默默无言地凝视着静止了的漆黑屏幕。

"好可怕的歌声。"孔澄喃喃念着。"你不是说替我找魔女秘方的吗?"

康怀华点头说:"那魔女秘方,就是这个网站留言板的网友传开来的。我替你打印出来了。"

康怀华把一张 A4 纸递给孔澄。

"你时常上这个网站吗?"孔澄讶异地问。

"公司的小妹妹们近日常常挂在嘴边,所以我也上来看看啦。这网站不知是不是有什么魔法，连我也好像变成圣音使徒了。"

康怀华以半开玩笑半认真的口吻说。

"现在每天打开电脑，总会不由自主地先来这儿听听圣音的歌。你不觉得，她的歌声具有抚慰人心的力量吗？那里面，有什么无法形容的、超越言词的东西，能直达心坎里。总是觉得听了一次还不够，会想一直一直听下去。"

康怀华移动鼠标，想按下重播键。

"不要。"孔澄尖声说。

"嗯？"康怀华讶异地抬起脸。

孔澄也不明白自己为什么反应那么激烈。

在心底里，她也好想重听那歌声，好想永远留在那歌声的摇篮里。

康怀华说得对，那歌声里，有什么超越人世的东西。

那歌声，仿佛拥有直达人心，透视每个人内在的黑暗与悲伤的力量。

孔澄全身发抖着。

那不是人世间的声音。

孔澄反射性地重复呢喃着"不要，不要"。

康怀华吓了一跳，瞪着孔澄失神的脸。

"孔澄，你怎么了？"

"听我说，绝对不要再听那首歌，不要再上那个网站。"

"嗄？"

孔澄没法解释什么，也无法再说下去，因为那把柔柔的歌声，已钻进了她脑髓深处。

"mi do / do re do si / si do si la / la si do re / re sol fa mi ……"

那哀愁的旋律，不断在她脑海深处低低地悲鸣。

那一天，离开康怀华的公寓前，孔澄一再叮咛她：

"不要上那个网站，不要再听那首歌。"

康怀华满脸不解。

"为什么？"

"我不懂怎么解释，只是觉得，那歌声里，有什么危险的东西在蠢动着。我不是甫听见就莫名其妙地流起泪来吗？你心情也不好，还听那么悲伤的曲子干什么？"

"可是……"

孔澄少有的一脸认真。

"不要说可是，答应我。"

康怀华蹙着眉点头，说："嗯。"

"我们拉钩钩哦。"

康怀华没好气地笑起来。

"好，跟你拉钩钩。"

两人微笑着举起小指互相紧扣。

坐上了出租车，那首曲子，还是不断在孔澄脑髓深处回荡。

车子滑过高速公路，透过车窗，可以看见金黄色的夕阳悬挂在天际。

随着车子不断向前滑行，金黄色的夕阳，恍如飘浮在都会输电塔的电缆线之间。

横跨半空的电缆线，刚好呈五条平行线的形状，游走其中的夕阳，就像乐谱上的音符，在五线谱之间舞动。

散发着最后一丝光芒，就要被黑夜吞噬的夕阳。

孔澄甩甩头。

自己的想象力实在太丰富了。

因为车子在向前行走，自然会让人产生夕阳在电缆线之间急速移动的错觉，这跟五线谱和音符压根儿沾不上边。

孔澄收拾心神，把视线调向前方。

出租车尾随着一辆后部严重损毁的黑色日本房车。

"遍体鳞伤"的黑色房车车牌 KH1112 映入眼帘。

孔澄觉得那数字很熟悉。

1112。

啊，如果转换成 11 月 12 日，就是康怀华的生日日期。

孔澄瞪大了眼睛。

那样说来，KH 也是康怀华英文名字 Katie Hong 的缩写。

KH 1112。

Katie Hong 11 月 12 日。

真是奇怪的巧合啊。

竟然遇上康怀华姓名缩写和生日日期的车牌号码呢。

出租车司机好几次越线超前，越过了那辆残破的小车，但不一会儿，那小车又追上来，在出租车前面带领。

那些英文字母和数字，简直像是拥有某种意志，执拗地在她眼前晃动般。

孔澄一直茫然地盯视着车牌。

真是奇怪的巧合。

下次见面时，一定要告诉康怀华。孔澄只是那样想而已。

巫马曾经教训过她，她是冥感者，拥有奇妙的感应能力，任何时间，都要张开眼睛和耳朵，注意身边出现的信息。

信息。

这一天，几个重大而黑暗的信息，重复地出现在孔澄眼前，但她却无知无觉。

出租车不断向前滑行，孔澄满脑子充塞着悄悄找饶进出来替小两口做和事佬时，应该怎么跟他说才好。

女生奇怪的心思，男生怎么总不明白呢？

虽然康怀华嘱咐她不要管，她可是管定了。

朋友就是用在这样的地方的嘛。

她和康怀华，不是一生唯一的好朋友吗？

孔澄想着，不禁发出会心微笑。

看我的啦，一定让你们雨过天晴。孔澄在心里说。

她却没有想过，每个人的人生，每一天既在开始，也在结束。

每个人生命最后的一瞬，是谁也无法预知的。

而在拥有和失去之间曾在心田停驻的，就是每个人的一生，全部的所有。

Chapter 2　银色冰块

"孔小澄，我有很不好的预感。"

甫踏进孔澄家里，巫马又如常地把鞋子乱甩在玄关，踏上榻榻米地板，沾着一身灰尘，一屁股坐进小客厅中孔澄最爱的藤篮吊椅中，伸开长腿大模大样地荡着。

孔澄没好气地替他把球鞋放好，跑回开放式厨房打开冰箱拿出瓶装啤酒，用开酒器掀开拉盖，跑回巫马跟前把瓶装啤酒塞进他手里，又踢踢踏踏地跑回流理台前手忙脚乱地做晚餐。

"你刚才说什么？"

孔澄忙碌地在砧板上切着豆腐。

"我说有不好的预感。"

"欸？"

孔澄抬起头瞪大一双圆眼睛。

"孔小澄第一次邀请我来吃晚饭，我应该感动流涕。不过呢，瞄一眼这六国大封相的阵容，就知道大事不妙。你家里有方便面以备不时之需吧？"

"什么不时之需？"

孔澄恶狠狠地瞪着巫马。

"就是晚餐滑铁卢哦。呵呵呵。"

巫马站起来，走到流理台前，探头探脑地看。

"做杂煮锅吗？"

巫马边仰头咕噜咕噜地喝着啤酒，边口齿不清地问。

"是海鲜杂烩锅，有北海道毛蟹、帆立贝、大蚬、萝卜、大葱、菠菜和豆腐。超豪华的阵容啦。"

"你的豆腐切得烂巴巴的，都变成豆腐酱了。我还以为你打算做麻婆豆腐。"

巫马瞄了一眼砧板说道。孔澄慌忙垂下头看。都是因为巫马跟她说话嘛，她就心绪不宁地不断挥动着菜刀，把豆腐块切成豆酱了。

"都是因为你骚扰我呀。你坐下来等吃就好，还差放进大葱就大功告成了。"

孔澄洋洋得意地放下菜刀，一手拍在砧板上，砧板上的豆腐更"豆肉模糊"了。

巫马拍拍额头，随手揭开在瓦斯炉上咕嘟咕嘟地冒着热气的大锅子锅盖。

033

"这锅糨糊又是什么？"

巫马一脸深受打击的表情。

"胡诌什么？这就是超豪华海鲜料理锅哦。"

孔澄神气地把头探向锅里，一瞬间，脸色变得惨白。

"这，这是什么？"

"我就是在问你哦。"巫马没好气地说。

孔澄难以置信地拿起勺子搅拌着锅里看似糨糊的花生色液体。

"蟹脚、帆立贝、大蚬，全跑到哪里去了？"孔澄惊呼。

"你把壳都去掉了吗？"

"嗯。"孔澄用力点头说，"因为吃东西时剥壳很烦嘛。虽然在外边吃时，海鲜材料都连壳奉上，但那是因为厨师太懒惰吧？我特别花了一晚时间预先把壳去掉的哦。"

孔澄委屈地眨着眼睛。

"那你什么时候把材料放进锅里的？"

"今天早上起床后呀。面豉汤煮开了便把材料放进去，不是像煲汤那样做的吗？我以为愈早把材料放进去，味道会愈浓郁呀。"

孔澄茫然地看着锅里的"花生"糊糊。

"噢，那这锅'东东'，已经被猛火煮了十个小时。"

巫马把冰冻啤酒瓶贴上额头翻翻白眼。

"孔小澄，你又创造奇迹了。竟然没把锅子烧成黑炭呀。厉害，厉害。"

巫马大力拍手哈哈笑着。

"我的名贵海鲜材料，到底到哪里去了？怎么会在锅里消失不见了？"

孔澄没理会巫马的讪笑，还是一脸茫然。

"孔小澄。"

巫马叹一口气放下空啤酒瓶。

"麻烦你，请你退到一边去。"

巫马从孔澄手里拿下菜刀，双手扶着她的肩头，把她推到粉蓝色沙发前，回到厨房打开冰箱拿出一瓶啤酒塞进她手里。

"坐在这儿，绝对不要动。"

"干吗？"

孔澄讶异地用双手圈着啤酒瓶。

"听好，"巫马弯下高大的身躯，把脸凑近孔澄说，"因为你是百年难得一见的烹饪'奇才'。像你这种型号的绝种生物，应该切记，切记哦，严禁进入厨房范围，严禁拿起菜刀或者打开煤气炉开关。因为那样，不但会危害你自己的性命，还会危害你邻居或亲朋好友的性命。"

巫马拍拍孔澄的头。

"孔小澄，听明白了吗？"

"巫马聪。"孔澄气得双眼圆睁，"人家一番好意，由昨晚开始……"

"嘘嘘嘘。"巫马把手指放在唇边，"你只要坐在这里不要动就好。喝完啤酒，闭上眼睛数一百下，我们就有饭吃了。"

孔澄还想说什么，但巫马已经转过身去，迈开长腿走进流理台后，打开冰箱，动作利落地从冰箱里掏出鸡蛋、洋葱和番茄，从橱柜里找到罐头咸牛肉和番茄豆，边吹着口哨，边专注地拿出煎锅开始做料理。

孔澄闷闷地呷着啤酒，偷偷注视着巫马的侧脸。

正面看五官有点平凡，还时常嬉皮笑脸地把五官皱成一团，笑得像头沙皮狗的男人，侧脸却刻画出深刻的轮廓，干练英气，感觉蛮酷的。

孔澄眨着眼睛，凝视着巫马帅气的侧脸。

我已经学会了游泳哦。你是不是会信守诺言，带我到哪个热带岛屿度假呢？

孔澄拼命用脑电波向巫马传送着话语。

巫马不是懂心电感应的吗？会不会听见我心里的话呢？

不过，那真的算是承诺吗？巫马只是说，想去哪个热带岛屿度个假。

是言者无心，听者有意吗？

"喂，孔小澄，发什么呆？吃饭啦。"

孔澄茫然地从白日梦中回过神来，整个人弹跳起来。

"过来啦。"

不知什么时候，巫马已把一碟碟菜肴端上餐桌。

煎荷包蛋、洋葱番茄豆烩咸牛肉、番茄蛋花汤。

虽然只是家常小菜菜色，但每一碟也色香味俱全。

荷包蛋的边缘煎得香脆，薄薄的蛋皮包裹着黄澄澄的圆蛋黄。

洋葱番茄豆烩咸牛肉散发出白兰地酒香。

番茄蛋花汤像抽象艺术画般漂亮。

"只是随便凑合做的啦，因为你的储备材料实在乏善可陈。"

巫马还是不忘糗孔澄两句。

孔澄泄气地垮下肩膀垂着头。

巫马打开电饭煲，从煲里舀出粒粒圆润晶莹的米饭。

孔澄的头颅愈垂愈低。

自己真是没出息哦。孔澄既懊恼又沮丧地想。

"我是第一次为女人做饭啦。"

巫马笑笑，把饭碗和筷子递给孔澄。

孔澄的脸，犹如太阳破云而出般，眨眼间亮起来。

巫马把孔澄喂得饱饱的，还动作干净利落地把碗盘全部洗干净。

孔澄想帮忙时，巫马只说了句："我动作快，让你来你又瞎忙一顿。"

于是孔澄乖乖地挂着手肘倚在流理台前，看着巫马修长的手指滑过一个个碗盘。

水龙头的流水声，在孔澄耳中听来，从来没有这么动听过。

真想变成水流下那只碟子哪。

孔澄那样想着，微微红了脸。

"谢谢你的晚餐。"孔澄低声说。

巫马抬起脸来笑笑。

"孔小澄什么时候变得那么有礼貌？"

"我有东西回敬你的。"

"嗯？"

重头戏现在要正式登场了。

孔澄巴巴地邀请巫马过来吃晚餐，主要目的其实是……

孔澄走到冰箱前，打开冰箱，从里头掏出冰块盘子和一个小小的玻璃碗。

玻璃碗里漂浮着草莓、七瓣莲和琉璃苣叶。

"朋友教我调了一种很好喝的餐后甜酒，担保你喜欢的。"

孔澄有点心虚地说着，把特制冰块哗啦哗啦地倒进两只高脚香槟杯中，注入少量"魔女求爱精华"，再注入有汽葡萄酒。

"喝一口尝尝？"

孔澄微垂下脸，把其中一只盛满金黄色甜酒的香槟杯推至巫马面前。

巫马瞄了甜酒一眼，端起香槟杯呷了一大口。

孔澄也端起自己面前的香槟杯轻呷着，从杯子边缘窥探着巫马。

"好喝吗？"

"嗯。"

"那多喝一点哦。"

巫马笑笑，把酒一饮而尽。

"这是魔女的爱情冰块吧？"

巫马摇着酒杯中的冰块，若无其事地看向孔澄。孔澄却被倒进喉咙里的酒呛住了，大声咳嗽起来。

"喂，孔小澄，你没事吧？"

"你、你知道？"

巫马的眼眸闪了闪。

"我知道很多事情的啦。"

巫马垂下脸微笑了一下。

孔澄呆呆拿着香槟杯，讷讷不能成言。

"近来在网络上传开来，女生很流行的玩意儿嘛。"

巫马眯起眼睛看了看杯中嵌着银吊坠的冰块。

"很别致呀。"

"噢。啊。"孔澄笨拙地点头，"我也是、也是觉得好玩，看着、看着漂亮才做的啦。"

巫马但笑不语。

孔澄顿时不知所措起来。

"我真的只是做着好玩的啦。"孔澄拼命解释。

为什么自己总是口不对心？孔澄沮丧地想。

"很好喝呀。"巫马说。

"嗯。嗯。"

孔澄拼命垂下头，想找个地洞钻下去。

"啊，说起网络，你有上过那个'圣音使徒'网站吗？"

巫马像为孔澄解围一般换个话题。

"欸？"孔澄讶异地张开嘴，"你也知道？"

"我又不是七老八十，我巫马聪也是分秒走在潮流尖端的啦。"

巫马又洋洋得意地挤出沙皮狗笑容。有时候，孔澄真想敲掉那排雪白整齐的牙齿。

"圣音怎么啦？"孔澄闷闷地问。

几天前，才刚听康怀华提起过她，现在巫马又说到她，是纯粹巧合吗？

"唔，发生了有点奇怪的事。"

巫马沉吟着抱起胳臂。

"有关组织的事？"孔澄好奇地问。

所谓组织，就是巫马和孔澄服务的秘密警察组织，是警察部门内，只有最高层知道的机密组织。

暗地里利用冥感者的能力，侦破警方束手无策的不可思议案件。

其实除了本市以外，各国政府都存在着那样的神秘组织，只是为了避免引人迷信，世界各地的警方，在媒体或公开层面上，是绝对不会承认组织的存在的。

像巫马和孔澄这类冥感者，虽然能获得很高的顾问报酬，却是只能活在黑暗中的人。

说起来，自从"人间消失"事件以来，这阵子组织都没有人来接触，表面上一切都很平静。

"还不至于正式动用我们加入搜查，不过，发生了几桩奇怪的事件，组织向我稍稍提过。"巫马说。

"画中消失"事件结束以后，巫马找到孔澄当接班人，原本已退出江湖，但他却去而复返了。

孔澄一直想相信，巫马是为了她才回来的。

因为担心她一个人应付不了，才重出江湖。

但愿那不是自己的痴心妄想。

巫马曾说过，他的能力正不断衰退，孔澄的力量却愈来愈强大。

但是，孔澄总觉得，如果没有巫马在身边，她什么也干不了。

"是什么奇怪事件？"孔澄问。

"过去几个月，有三个女孩失踪了。毫无预兆、毫无理由地消失了踪影。无论她们的家人、男友或朋友，也认为她们没有自主失踪的可能。但如果说是卷入了意外事件中，又没有任何案件发生。总而言之，那三个女孩，都是在某一天，像一缕烟般消失了。"

"那跟圣音的网站有什么关系？"

巫马抓着短平头。

"警方一点线索也没有。但三个女孩的失踪事件，有一个共同点。可能是偶然的巧合，也可能联系着什么。总而言之，这三个女孩家中的电脑屏幕，都开启着'圣音使徒'的网站。邻居也分别作证说，女孩们失踪前一天的晚上，家里曾传出圣音的歌声。"

"你的意思是，圣音的歌声，是那些女孩消失的原因？"孔澄摇头，"我和康怀华也听过她的歌，我们都好端端的耶。"

巫马耸耸肩。

"所以说，警方也只是将这点列入备忘录。目前为止，实际上也没有案件发生。"

孔澄沉思了一会儿，怯怯地抬起眼睛看向巫马。

"巫马，你听过圣音的歌吗？"

巫马蹙了蹙眉点头。

"你觉得怎样？"

"令人不由自主地，心里载满悲伤的曲子。那歌声里面，有什么魔性的东西在蠢蠢欲动。"巫马略微犹豫了一下后，一鼓作气地说。

孔澄点点头，怯生生地嘟哝："那不是属于人世间的声音。

歌声里，隐伏着什么可怕危险的东西。"

巫马和孔澄不约而同地抬起脸，心意相通地互相注视。

"那不就跟《魔笛》的童话一样吗？"孔澄缓缓开腔。

"《魔笛》？就是那个德国童话？"

"虽说是童话，但在德国，也流传着古老的传说。"

"就是说有个吹笛的人，来到小村子，村长答应他如果能用笛声把在村里到处破坏的鼠群带走，就赏他一百个金块。吹笛的人履行诺言，吹起宛如蕴含魔法的笛声，把老鼠群带到河流淹死了。可是，村长却违背诺言，不肯付他金块。结果，吹笛人再次吹起魔笛，这一次，全村的小孩子，也被魔笛的声音迷惑，跟随着吹笛人离开村子，永远消失了。"

孔澄点头说："但世界上，真的存在那样的魔声吗？"

巫马沉吟了好一会儿。

"你也听过关于《黑色星期天》乐曲的传说吧？"

"就是那部欧洲爱情电影？"

巫马摇摇头。

"电影只是以那传说为灵感，改编成一个爱情故事了。真实的传说是，五十多年前，法国作曲家鲁兰斯·查理斯所创作的《黑色星期天》管弦乐曲，离奇地引发超过一百个人自杀死亡，死者来自欧美多个国家。每个自杀的人，都是在听过那首曲子后，留下遗书，说忍受不了那悲伤的旋律而自杀了。那首曲子被称为'魔鬼的邀请书'，后来美、英、法、西班牙等多个国家的电台召开了一次特别会议，号召欧美各国联合抵制这首‘杀人’乐曲，乐曲被禁长达十三年。多年来，无数精神分析学者和心理学家尝试研究这首乐曲在当年为什么会具有等同催眠别人自杀的魔力，也毫无头绪。”

“你怀疑圣音的歌声也拥有同样的魔性？但是，那些女孩只是失踪了吧？没有留下遗书自杀啊。”

巫马点点头。

“所以，事件听起来有点相似，但又好像完全不一样。但那些女孩到底到哪里去了？难道真像听见魔笛声的小孩子般，消失到另一个空间了吗？”

孔澄茫然地思索着。

“巫马，你听过乐曲令人魂不附体的事情吗？”

巫马扬起眉摇摇头。

“我从书里看过，在美国威斯康星州的一个城市，曾经发生歌剧表演令台下观众魂不附体的怪事。当时有一对夫妇，在观看歌剧途中，看见一个轻飘飘的身影从邻座的女人体内‘脱壳而出’，飘向台上的表演者。那首乐曲，似乎令女人短暂地灵魂出窍了。那女人事后回想起来也说，曾经觉得自己的身体轻飘飘地，像飞上半空，感觉兴奋又愉快。”

“乐曲会令人灵魂出窍，魂离肉身吗？”巫马思忖着。

“总而言之，这世界上有各种各样不可思议的传说，似乎都与歌曲有关。就是有某些歌曲或歌声，会让人悠然神往，感觉心不由己。圣音的歌声，也的确渗透着一股不可思议的魔力。她到底是什么人呢？这世上，怎会有那样的歌声？”

孔澄一脸茫然地自言自语。

巫马和孔澄，不禁陷入沉默中。

那一刻，圣音澄清的嗓音，同时在他们脑里回荡着。

突如其来的电话铃声让两人吓了一跳。

孔澄反射性地弹跳起来，跑到沙发旁，拾起茶几上的话筒。

"喂。"

"孔澄，怀华跟你一起吗？"是饶进浑厚的嗓音。

"没有呀。怎么了？"

"我昨晚从上海公干回来，找了她一整天也找不着。"饶进有点担忧地说。

孔澄微笑起来。

虽说吵架了，但听饶进那么忧心忡忡的声音，一定只是场茶杯里的风波啦。

难道康怀华又用苦肉计，故意失踪让饶进操心？

孔澄搔搔短发。

"我这几天打她的手机，也被转驳到留言信箱，是出差了吧？饶进，我也找了你好几天呀，你的手机不是也转驳到留言信箱了吗？你俩埋头工作起来都六亲不认，真是天生一对。"

孔澄一向只会打康怀华的手机找她。因为工作关系，康怀华常常全国各地到处跑，总是回到香港才好整以暇地回电给她，所以孔澄也不觉得有什么蹊跷。

"我打去她公司问过了，她公司的人说，她没有联络，也没有上班已经三天了。我现在在她家里，屋里门窗紧闭，空气闷闷的，感觉上，她好像有好几天没有回来的样子。怎会一声不响地失踪了？"饶进闷闷地问，"我还以为她去了你那儿。"

孔澄慢慢坐直了身子。

失踪。

这两个字，突然令孔澄的心揪紧。

孔澄的脸一瞬间苍白起来。

不会。不会。绝对不会吧？

KH1112。

遍体鳞伤的汽车。

那是个信息吗？

不会。绝对不会。

"饶进，你、你进康怀华的书房看看，电脑的屏幕是不是亮着？"

"嗄？"

"照我说的做就是啦。"孔澄气急败坏地嚷。

饶进好像被她的气势压倒，乖乖捧着话筒走进书房了。

"亮着哦，怎么了？"

孔澄的心狂乱地跳起来。

"按下'进入'键，你看见什么？"

饶进沉默了一下。

"什么'圣音使徒'网站，到底是什么名堂？"

饶进的声音，在孔澄的意识里一点一滴淡出，孔澄紧抓着话筒的手颤抖着。

"怎么了？"巫马讶异地从呆愣不动的孔澄手上拿过话筒。

孔澄却无法发出声音。

沉落的夕阳。

破损的黑色小房车。

KH1112。

Katie Hong 11 月 12 日。

"mi do / do re do si / si do si la / la si do re / re sol fa mi……"

圣音的歌声，像突然钻进孔澄的脑髓深处，蹲在某个黑暗的角落，悲伤地轻轻哼唱着。

一星期后

微型数码录音机屏幕上的数字不断跳动，红色灯亮着，显示正在录音状态。

孔澄和金发蓝眼的帅哥相对坐在餐桌两旁。

报纸这个星期六的饮食版特集，将介绍这间新开业的芬兰菜餐厅和酒吧。

以冰蓝与纯白色为主调的餐厅，室内装潢简约时尚。

渗透着冰蓝光芒的大块玻璃地砖。白色羽毛嵌成的巨型吊灯。半透明的印度纱蓝色帘子。透明亚克力胶制成如巨大冰块形状的餐桌。天蓝色圆拱形布餐椅。

拍出来的照片，效果应该相当漂亮。

餐厅芬兰籍的帅哥经理，正眉飞色舞地摆动着双手，向孔澄介绍餐厅的装潢概念、芬兰特色美食和美酒。

孔澄心不在焉地，每隔一段时间，便像日式点心屋摆放的电动和服人偶那样，点头再点头。

康怀华已经失踪十天了。

像一缕烟般，毫无痕迹地消失了。

几天前的深夜，巫马突然打电话给孔澄。

因为期盼着康怀华会与她联络，孔澄每晚也不敢关掉手机。

孔澄从床上慌乱地爬起来抓起手机。

来电显示是巫马。

不要不要不要。孔澄在心里祷告着。

深夜的来电，总好像带着不祥的预兆。

孔澄心惊胆战地按下接听键。

"孔小澄，有件事情想问你。"巫马的声音一本正经。

"我差点被你吓晕了。"孔澄吁一口气，"还以为发生了什么事。"

巫马却没有像往常那样东拉西扯地跟她开玩笑，仍然以严肃的语气说：

"我想问问你关于冰块的事。"

"冰块？"

孔澄愣住了。巫马是指她调制给他喝的爱情冰块？

"是你自己从圣音网站的留言板上找出来，还是康怀华教你的？"

"啊，康怀华教我的。"孔澄顿了顿，"怎么了？"

"我就想到会是那样。"巫马像半自言自语般呢喃。

"到底怎么回事？"孔澄着急地问，"跟康怀华的失踪有关吗？"

"警方的电脑专家检查过几个失踪女孩的电脑，她们每一个人，都曾经在'圣音使徒'的留言板留言。"

"包括康怀华？"

"嗯。"

孔澄的心不断往下沉。

"留言说什么？"

不会是她们受不了那悲伤的旋律，留言说要集体自杀吧？孔澄忧心忡忡地想。

"那些留言都只是很普通的说话，像说圣音的歌声令人很感动之类。"

孔澄大大吁一口气。

"那和她们的失踪有什么关系？"

"只是一个假设而已。虽然她们留言时用的是假名，但没有加保护装置掩饰自己的邮箱地址，换言之，任何人也可以透过那网站，找到她们的通信邮箱地址。"

"我听不明白。即使有某个人，拥有这些女孩的邮箱地址又怎样？"

"警方已经调查过了，连同康怀华在内，失踪的四个女孩，工作和私生活上完全没有交接点。如果她们的失踪是被卷入同一个事件的话，圣音的网站，是唯一一处她们可能会认识到同一个关键人物的地方。"

"你的意思是，她们在那网站认识了某个人，那个人是她们逐一失踪的关键？"

"目前为止，这是警方通过大海捞针式的调查所找到的一个可能性。令人很在意的是，她们电脑里的邮件通信记录被人全部删除了。"

"欸？"

"假设，透过'圣音使徒'网站的留言区，她们认识了某个人，然后跟那个人开始了邮件通信。随后，这些女孩一个接一个失踪了，邮件通信记录也被删除。会不会是某个曾接触她们的人物，不想泄露自己的身份？"

"在'圣音使徒'网站留言板认识的人？康怀华从来没跟我提起过。"

"嗯。"巫马有点心不在焉地漫应着，"孔澄，你有没有试过感应康怀华在哪里？"

孔澄咬着唇，半晌没有回答。

"孔澄？"

"感、感应不到。"

孔澄猛眨着眼睛，缓慢地答。

她说谎了。

她试过无数次用感应能力找寻康怀华的所在，但是，只要在心里呼唤她的名字，孔澄便会感到好冷好冷，接着全身像瘫痪一样，动弹不得。

然后，耳畔仿佛拂过康怀华熟悉的声音：

"孔小澄，不要来。绝对不要来。"

康怀华仿佛在回应着她的"接触"，向她发出警告。

但是，孔澄不肯相信那感应。

如果康怀华真的主动回应她的接触，向她传递着那个信息的话，那就表示……表示康怀华已经……

每一次，孔澄都闭上眼睛，在心里对自己说，那是错误的感应。

自己在胡思乱想。

康怀华一定只是心血来潮跑到哪儿去玩了。

每个人都会有任性的时候。想突然从世间消失，一个人，静静地，好好想想各种事情。

康怀华一定也是那样。

说不定到了明天，她就会剪了欧洲最时髦的发型，穿着亮丽的巴黎新装，蹬着高跟鞋，笑嘻嘻地出现在她面前，嘲笑她和饶进大惊小怪。

一定会那样。

一定会。

孔澄穿着牛仔裤的小腿，突然被人用力踢了一下。

"啊。"

孔澄低呼起来，这才发现是站在她和金发帅哥身旁拍照的摄影师小弟阿毕，在桌底下用球鞋尖在踢她的小腿。

嘴里嚼着口香糖，像个太保般的阿毕，拼命朝孔澄使眼色。

魂游太虚的孔澄骤然回过神来。

金发帅哥正微笑着，若有所思地看着她。

"啊，谢谢，谢谢你的解说。谢谢你接受我们报纸的访问。我想这会是篇很精彩的介绍稿。"

孔澄像循环播放录音带般，挂起亲切的笑容自然地说。

事实上，无论她去哪间餐厅访问，最后都是如此"结案陈词"的。

如孔澄所料般，接着，金发帅哥就会站起来，跟她握手，嘱咐她下次来吃饭一定要预先打电话给他，他会为她预留好位置。

金发帅哥完美地表演完他工作分内必须说的台词，优雅地谢幕退下了，孔澄看着他的身影消失在餐厅工作间的大门后，全身乏力地瘫坐在圆拱形座椅内。

"你梦游完了没？下次我索性带你的纸板公仔来算了。"

阿毕不忘糗她两句。换作往常，孔澄一定会狠狠踹他两脚，但今天她连踹人的心情也没有。

"喂，你今天是不是没吃珍宝珠？我看你相当欠缺能量呗。"

孔澄不理睬他。阿毕从相机袋内掏出一颗橙味珍宝珠棒棒糖。

"拿去啦。"

"欸？你怎么会有？"

"买给你的啦。孔澄这阵子好古怪，在办公室整天默不作声发呆，又不翘班溜出去，又不上网偷看《魔法小忌廉》，连珍宝珠也不吃，大家都好担心你呀。"

孔澄讷讷不能成言。阿毕像老大哥般拍拍她的头。

"是不是失恋了？不要哭，我接受你好了。"

"神经病。"

孔澄终于狠狠出击踹了阿毕一脚。阿毕大声呼痛，随后哈哈笑起来。

"这才像你。孔澄大姐，好好提起精神啦。"

孔澄的手机响起来，来电显示是巫马，她朝阿毕呲呲舌。

"不要偷听我打电话，我情人打给我了。"

"孔澄，你在哪儿？"巫马语调沉稳。

"在餐厅，刚刚做完访问。"

"把地址告诉我。"

孔澄莫名其妙，但还是乖乖地说出地址。

"怎么了？"

"我过来接你。"

巫马的声音很温柔。孔澄从来没听过巫马用那么温柔的声音跟她说话。

"怎么了？"

孔澄握着话筒的手颤抖起来。

"我十分钟内就到。"

"到底怎么了？"

孔澄提高声调，泪水也突然涌上眼眶。

"等我。"

巫马没再等孔澄回话，已挂掉了电话。

巫马踏进冰蓝色的餐厅内，孔澄的身体缩在圆拱形的椅子里。

巫马从来没有觉得孔澄的身体那么小。

好像小人国的人儿，坐进了大人国的沙发椅里。

巫马一步一步朝孔澄走去。

孔澄抬起润湿的眼睛，定定地凝视着巫马。

巫马吸了一口气，继续一步一步走近她。

孔澄看了一眼巫马温柔的表情，泪水如线般滑下脸庞。

"不要……"孔澄细声哽咽着说。

巫马停在孔澄跟前蹲下来。

孔澄不断摇着头说："不要……"

巫马把孔澄的头按到他的胸前，说："对不起。"

孔澄抓着巫马 T 恤的前襟，拼命摇着头。

"不要。我不要啊。"

"她的遗体被发现了。"巫马抚着孔澄的头发，静静地说。

孔澄把被泪水迷糊的脸贴在巫马胸前，像遇溺般抓着巫马 T 恤的前襟。

"巫马聪，你说谎。你说谎！"

巫马紧紧把孔澄拥入怀里。

那是拥有生命，温暖的身躯。

孔澄闭上眼睛，"巫马，你说谎。"

但是，孔澄内心一隅，清明如镜。

她已经失去康怀华了。

永远失去她了。

从接到巫马的电话，听见巫马的声音的一刹那，她已经知道，一切已无可挽回。

不，或许从感应到康怀华的"接触"那一瞬间，她已经知道，她们永远被分隔在两个世界了。

康怀华精致的娃娃脸，那甜姐儿般的俏丽笑容，浮现在孔澄眼前。

从今以后，已成了永远只能在记忆中凝视的肖像了。

巫马把孔澄送回公寓，她像提线木偶般听话地走进房间，拿出行李箱，把简单的衣物放进皮箱里。

对孔澄而言，巫马在吉普车车厢里跟她说的话，一点真实感也没有。

巫马说，康怀华的尸体漂上了日本湘南海岸的海滩。

日本？

康怀华的尸体，怎会漂浮到日本的相模湾去了？那是完全不可能的事情啊。

愈听就愈没有真实感。

一切只像个还没法醒过来的噩梦。

"警方一直没发现之前那三个失踪女孩的踪影，因为压根儿没有人会想到，在中国香港失踪的人，尸体会在日本出现。"

操控着方向盘的巫马眼神凝重。

"反过来，日本警方在湘南海岸陆续发现身份不明的女性尸体，也压根儿没想过是中国香港女性。如果不是出于偶然，我们这边的失踪人口和那边的女性尸体，会成为永远的谜案吧。"

巫马叹口气。

"什么偶然？"

"记得阿凉吗？"

孔澄一脸讶异。

"星野凉？"

巫马点点头。

星野凉。在秘密警察组织中，被誉为"神之手"的男子。

巫马和他认识好久了，孔澄则是在"人间消失"事件，才第一次和他碰面。

身材瘦削、皮肤白皙、架着书卷气眼镜的年轻男人。

五官俊美，但总是目无表情。

孔澄最初以为他态度傲慢冷漠，后来才弄清楚他脸部的神经坏掉了，无法做出喜怒哀乐的表情，是个喜怒不形于色的男人。

星野凉是个雕塑家，也是国际秘密警察的顾问。

被誉为"神之手"，因为他只要触摸失踪者的照片，就能够通过摸着温暖的陶泥捏制雕塑，感应到失踪者现时的脸孔。

即使已失踪十年甚至二十年的人，甚至已整容或改头换面的罪犯，星野凉都能摸捏出他们此时此刻栩栩如生的人头雕塑。

星野凉祖籍日本，在美国出生长大，在东南亚各地游历居住，没有隶属于任何一个国家的秘密警察组织，但世界各地的警方，有需要时都会找他帮忙。

"阿凉怎么了？"孔澄问。

"几天前，我接到他的电话。他在日本湘南海岸的逗子有一幢别墅，每年夏天都住在那儿。"

"阿凉对你真是死心塌地，到哪里都不忘挂电话给你。"

孔澄不自觉地说出酸溜溜的话。

毕竟，星野凉和孔澄，是情敌关系。

"我们是好朋友呀。"

巫马回应得轻描淡写。

"总而言之，阿凉在电话里不经意跟我提起，他那边的海滩接连发现身份不明的女性尸体，死因却不是溺水。尸体内的血液验出高浓度的胰岛素，应该是被注射过量胰岛素，引致体内血糖过低导致大脑死亡。"

巫马一脸凝重地顿了顿。

"最初我也没把他的话放在心上，但当阿凉提到，验尸报告发现，每个女孩的心脏都有凝固的冰粒，尸体似乎被冷冻过，全部都像睡公主那么漂亮，而且她们的喉咙里，分别卡着不同形状的银制吊坠。"

"银吊坠？"孔澄的心狂跳起来。

"我当时很纳闷。一般来说，明知会留下线索，凶手仍然在尸体上放置这类像信物的东西，显示凶手在心理上必须完成这个对他具有深刻意义的仪式。这绝对是心理扭曲的人所犯的案。"

巫马转过头，看了看脸色苍白瑟缩在助手席上的孔澄，以沉稳的语气继续说：

"日本警方也是从连环变态杀手的方向侦查。但当阿凉跟我提到银吊坠时，我无法不把日本和这边的事件联系起来。日本身份不明的女性尸体上发现的冰粒和银吊坠，与在'圣音使徒'网站上出现的银吊坠冰块秘方，就像是不断向我呐喊着的某种'信息'。我抱着姑且一试的心态，把失踪女孩的照片传真给阿凉。昨天，日本警方已经证实就是她们。康怀华的照片，我也传给阿凉了……遗体是在今天刚刚漂上海滩的。"

孔澄呆呆地垂着头。

好久，好久，无法说话。

"这一切，不可能是偶然。"孔澄终于迸出声音来。

"嗯？"

"我最好的朋友康怀华被选中为受害者。两桩不可解的谜案，由巫马你作为桥梁联系起来。发现尸体的地方，是阿凉正在度假的海边。这一切，有可能是单纯的偶然吗？你不觉得，是某种力量，要集合我们这些冥感者在一起吗？"

"是个陷阱？"巫马蹙着眉，沉吟着说。

"但即使是陷阱，我也要去找出答案，找出那个在幕后主宰一切的人。"

巫马默默地看着孔澄悲伤地紧抿着嘴巴的侧脸。

"一个让我们谁也逃不掉的陷阱吗？"

巫马深邃的眼眸闪过一抹光芒。

"孔澄，答应我，绝对不要一个人去干冲动的事。我会和你一起找出真相。"

孔澄抬起眼睛。

"巫马是说，会保护我吗？"

"作为一个冥感者，我或许已经没有足够的能力保护你。"巫马顿了顿。孔澄垂下眼睛。

"但是，作为一个男人，我会保护你到最后。"巫马眼睛看着前方，沉稳地说道。

孔澄想起巫马在车厢中说的最后一句话，身体不禁微微一震，手里拿着的衣服掉到地上。

"保护你到最后。"

那是孔澄听过的，背负着最深的幸福和最深的不幸的预言。

孔澄甩甩头，收拾心神，把 T 恤、牛仔裤塞进皮箱内。

康怀华，无论如何，我一定会找出真相，揪出凶手。孔澄在心里对康怀华许下承诺。

然而，那真的有任何意义吗？

康怀华已经不在了。

已经……不在了。

"不要来。绝对不要来。"康怀华的声音，又轻拂过孔澄耳畔。

孔澄怅然地抬起脸，凝视着虚空。

康怀华，是你吗？康怀华……

孔澄感到身体骤然变得好冷好冷，全身瘫痪，动弹不得。

"不要来。绝对不要来。"康怀华悲伤的声音柔柔地拂过她的耳畔。

康怀华！

孔澄闭上眼睛，集中心神，用念力拼命呼唤着康怀华。

然而，康怀华并没有出现，在她"视界"内浮现的，是一个幽深的海底，在那海底深处，有点东西在发光……

发光的东西，是一块巨大的冰块。

不，那不是冰块，那是……一具正快速沉落深海的冰棺材。

在那透明的冰棺材里面，躺着一个人。

盛载着某个人的冰棺材，沉落海底最深处，安静地栖息在永恒的深蓝之中。

Chapter 3 传说中的水中花

日本湘南海岸

看见康怀华的遗体时，孔澄对于她已经死去的事实，仍然一点真实感也没有。

遗体漂亮得不可思议。

像睡公主般。

完全没有痛苦的表情。

完全没有外伤的痕迹。

根据验尸报告，死者因被注射过量胰岛素导致大脑死亡。受害者在脑死前会因血糖过低进入昏迷状态，不会感受到痛苦。

尸体不但外表完好无缺，被发现时，体内器官也完全没有开始腐烂的迹象。

在心脏内发现冰粒结晶，估计受害者被杀后遗体立即便被冻结，才能维持尸体如此美丽的状态。

孔澄、巫马、饶进和康怀华的父母，在两地警方的陪同下，认领了康怀华的遗体。

康怀华的保险公司经纪也飞抵日本，帮助家属安排将遗体运回香港的事宜。

奔波了三天，终于完成一切遗体认领程序。

康怀华终于可以"回家"了。

在机场送别饶进和康怀华父母时，大家都已哭干了眼泪。

沉重的非现实感，仍然笼罩着每一个人。

从获悉康怀华的死讯开始，饶进一直沉默寡言。

"我无法相信，也不想相信。"

那是饶进陪伴康怀华的遗体返回香港前，在机场开口说的唯一一句话。

孔澄紧紧拥抱着饶进。饶进也紧紧拥抱她。

两人都没有泪可流，也无法再说任何一句话。

孔澄第一次发现，挚爱的人死亡的重量，就是掏空自己一颗心的全部。

湘南海岸女性连环谋杀案的搜查本部设于神奈川县镰仓警署。

除了两地警方兵分两路全力侦查外，两地的秘密警察组织最高层也达成共识，借助冥感者的力量，务求尽快缉拿真凶。

"有一点我还不明白，从四桩案件的性质看来，除了跨国弃置尸体这点让人感到不可思议以外，警方应该还是倾向于相信是变态连环杀人凶手所为吧。为什么会要求秘密警察部门加入搜查？事实上，在发现不明身份女尸的时候，组织已经第一时间跟你接触，征询你的意见了吧。"

巫马、孔澄和星野凉坐在海边的咖啡馆里。孔澄满腹疑窦地望着星野凉问道。

透过圆拱形窗户，可以看见水色湛蓝的相模湾。

六月阴晴不定的天空，下着霏霏细雨。但一个个年轻的滑浪健儿们，还是蓄势待发地骑在滑浪板上，在海面上载浮载沉，等待令人兴奋的巨浪翻起，乘风破浪而去。

海边的风景看上去是那么闲逸、美好、温柔。

孔澄倾听着咖啡馆空气中旋转着的优美爵士乐曲，夹杂着从窗外飘进来的浪涛絮语，仍然无法相信康怀华已经变成冰冷的躯体，而自己，却安稳地啜饮着热腾腾的咖啡，讨论着以她为中心的案件。

人生，实在是一场被人写烂了的闹剧。

星野凉的脸孔一如往常面无表情，细长的眼睛在眼镜片后却闪动着慧黠的光芒。

"因为事情发生在这片海的缘故。"

星野凉微调过脸，看向窗外的大海。

"自古以来，这就是一片不可思议的海域，流传着各种神秘的传说。所以，当第一具身份不明的女尸漂上海滩，此地的人，立刻又联想到，这是这片海上又要发生什么奇迹的预兆。"

孔澄皱起鼻尖，不解问道："奇迹？"

这是片杀死了康怀华的海，而星野凉竟然在说什么奇迹。

星野凉推了推眼镜，沉缓地开腔：

"巫马，我曾经跟你说，我脸上的神经是天生坏死的吧？"

巫马抱起胳臂点点头。

"因为要详细解释太麻烦了，所以，我从来没跟人说过我这张脸变成这样的真正原因。事实上，是这片海，夺走了我的脸。"

星野凉以不徐不疾的语气说道。巫马和孔澄同时惊讶地倒吸一口气。

"要好好说明的话，就要先由二十年前的事件说起。"

星野凉又习惯性地推了推眼镜。

"二十年前，一艘渔船在这海域出海捕鱼时，发现了一个在海上漂流的白色帆布袋。船长命令船员将它打捞起来，打开帆布袋一看，里面竟然有一个活生生的年轻男人。"

巫马和孔澄对看了一眼。

"这个年轻男人自称小池道夫，五十八岁，是住在三浦市的渔民。一九二二年，也就是在六十三年前死于癌症，死前的遗愿是进行海葬。"

孔澄听得目瞪口呆。

"你的意思是，这个小池道夫，死后在大海漂流了六十三年，然后死而复活吗？"

星野凉点点头。

"当然，那样的话，谁也无法相信。而且，这个自称叫小池道夫，卒于五十八岁的男人，无论怎样看，都只是个二十出头的年轻小伙子，体格健硕强壮。说什么六十三年前死于癌症，听起来就像神经病患在胡言乱语。"

巫马把双手枕在脑后，扬起眉毛。

"然而，他的身份获得证实了？"

"嗯。当局翻查资料，发现确实有小池道夫这个人，死亡登记显示确实是在六十三年前卒于癌症，妻子履行他的遗愿进行了海葬。当局后来找到他的儿子，那时候，他的儿子也已经是个七十多岁的老人了。不过，从他儿子那儿找到了小池道夫年轻时的照片，跟这个从大海回来的人长得一模一样。当局于是对两人进行了DNA检验，证实两人是亲子关系。小池道夫于是被送往医院以及精神病院进行详细检查，他的癌症已不药而愈，经反复检查，任何医师也无法找出他为何会死而复活，返老还童。"

"于是，这片海便被信奉为奇迹之海？"巫马问。

星野凉点头又摇头。

"其实，在小池道夫的事件以前，此地已一直流传着有关水中花的传说。"

孔澄蹙着眉。

"水中花？"

"传说在这片海的海底，有一种发光的水中花，找到它的人，便可长生不老。当然，这类像神话的传说，一直只是人们茶余饭后跟小孩说说的故事，谁也没有当真。但是，小池道夫对于自己在大海漂流的六十三年间，到底发生了什么事，记忆一片空白。他记得自己在病榻上去世，但恢复意识时，已经在渔船上了。那六十三年间，唯一残留在他脑海的模糊印象，是一片花海。"

"花海？"孔澄讷讷地问。

"嗯。他只记得，看见过发光的花。"

"于是，小池道夫的奇遇，印证了古老的传说，从此以后，此地的人，对水中花的传说便深信不疑？"巫马像自言自语般说着。

"巫马，水中花的传说，不只在日本出现过，澳洲也流传着同样的传说，你听过吗？"

星野凉看着巫马。巫马点点头。

"其实不只日本和澳洲，世界各地都出现过大同小异的传说。"

"水中花的传说和那片海，又跟阿凉你脸孔受伤的事，有什么关系？"孔澄犹豫地问。

"我快要说到主题了。"

星野凉再次把眼光转向窗外。

一个撑着伞的男子，正一步一步横过沙滩。

男子抬起头朝咖啡馆这边张望，雨伞微向后摆，露出一张年轻的脸。

皮肤白皙，眼睛细长，跟星野凉长得有七分相似的青年。

"等了他好久，终于来了。"

星野凉朝正收着雨伞，推开咖啡馆浅蓝色木门的青年挥挥手。

"阿洁，这边。"

巫马和孔澄同时回过头去。

"我的弟弟，星野洁。"

星野凉拉开身旁的木椅子。星野洁有点紧张地在巫马和孔澄对面坐下，把雨伞挂在木桌子边缘，一不小心，雨伞的骨尖戳到孔澄的膝盖。

"哇，哎哟。"孔澄又小题大作地大声喊痛。

"啊，对不起，对不起。"

星野洁看见雨伞尖锐的骨尖戳得孔澄的膝盖受伤了，整张稚嫩的脸红了起来。

孔澄慌忙掩住嘴巴。

"对不起。没事没事，只是擦伤了一点点。"

巫马按按孔澄的头颅。

"这人是个爱哭鬼，不用理她。"

星野洁不禁微笑起来，好像终于消弭了他的紧张感。

这小插曲，也莫名地化解了突然有一个陌生人闯进来的尴尬气氛。

"嗨。"星野洁端正地坐好，朝巫马和孔澄礼貌地打招呼。

"因为事情也牵连到我弟弟，所以特地找他来了。"星野凉解释道，"我跟阿洁提起过巫马你的事，这小子也好想见见你。他最爱看什么科幻电影、小说了，从来没把我的雕塑寻人功夫当一回事，可是听过巫马你的事迹，就好崇拜你哩。"

星野洁的脸更红了。

星野洁跟哥哥一样，身材单薄，皮肤很白，眼睛细长，散发着书卷气。

跟星野凉不一样的是，他脸部的表情不会永远紧绷着，微笑起来带点羞怯。

虽然他纤细的五官略显女性化，却是个给人好感的青年。

"阿洁只比我小一岁。小时候,我们常被误认为双胞胎呢。"

星野凉仍是一脸淡漠地说，但眼里透出温柔的光辉。

"好了，言归正传，我找阿洁来，是想让他亲自告诉你们，在这片海域发生过的事情。"

星野凉拍了拍阿洁的肩膀。

"嗯。"星野洁正襟危坐，慎重地点点头，"严格来说，是我和哥哥一同经历的事情。"

星野洁顿了顿，转过头问哥哥：

"二十年前小池道夫的事你说了吗？"

"说完了。"

"嗯。"星野洁又再慎重地点点头，"我们家在逗子这儿有一幢别墅，你们知道的吧？"

星野洁看看巫马又看看孔澄。巫马和孔澄点头。

"虽然我和哥哥在美国出生长大，但小时候，每年暑假，爸爸和妈妈都会带我们回来探望外公外婆。小池道夫的事情在这里成为大新闻，是我六岁哥哥七岁那年的事吧？"

星野凉点点头。

"小孩子对这种传说当然特别好奇。自那以后，我和哥哥每年回来，都会玩特务游戏，想象我们是日本的头号特务，要潜入那片海底，找出水中花的真相。"

星野凉的脸没有露出微笑的表情，但镜片后的眼睛闪了闪，想必是在回想着童年的美好回忆吧。

"我和哥哥每年都乐此不疲地继续那游戏，我们两人都深谙水性，但每一年暑假也无功而返，直至我十二岁那年……"

星野洁突然闭口不语。星野凉也像心绪不宁地推了推眼镜。

"阿洁，说下去吧。"

"那一年，我们如常回来度假，如常继续我们的特务游戏。然而……"

星野洁望向星野凉。

"要怎么说明他们才会明白呢？"

"按顺序一直说下去就是了。"

星野洁用力点点头，清了清喉咙，用清澈的眼光直视着巫马和孔澄。

"我和哥哥，曾经在这片海失踪了。"

巫马和孔澄不约而同地蹙着眉："失踪？"

"因为对失踪那段时间发生的事情，我们都没有记忆，所以，也无法说得太明白。总而言之，十四年前，八月盛夏的某一天，我和哥哥如常潜入那片海玩，却一去不回。"

孔澄搔着一头乱蓬蓬的短发。

"我不明白，你们都好端端坐在这儿哦。"

"准确地说，我们曾经一去不回。"

星野凉纠正弟弟的说法。

"当日，我和阿洁一起失踪了。我们的父母当天便报警要求搜索。我是在三天后被发现自己走回沙滩的。对于那三天的记忆，我脑海里一片空白，只记得自己跟阿洁一起吸着气潜入海中，下一瞬间，已经从海面浮出来，走上沙滩了。但是，父母却说，我已经失踪了整整三天。"

星野凉揉了揉眉心。

"自那以后，我脸孔的神经便坏死了，如你们所见那样，变成个像挂着面具般，没有喜怒哀乐表情的人。"星野凉以自嘲的语气说道。

"阿凉一点问题也没有呀。至少我，看得见阿凉的表情。"

巫马少有一脸认真地回应。星野凉稍微掀了掀嘴角代替微笑，继续说下去：

"但阿洁却自此失踪了。警方出动救生艇、蛙人和水上直升机搜索了十天，还是找不到阿洁的踪影。警方放弃以后，我们的父母继续雇人进行搜索，甚至扩大找寻范围，也是徒劳无功，最后不得不接受阿洁已葬身海底的事实。"

星野凉和星野洁两兄弟互看一眼。

"然后，这片海上的奇迹再次发生了？"巫马问。

星野洁点点头。

"两年之后……"

"两年之后？"孔澄不禁提高了声调。

星野凉拍拍星野洁的肩头。

"两年后的冬天，这小子突然从那片海里走出来。"

星野洁微歪着头，一脸迷惘地回忆着。

"我和哥哥一样，对于失踪和重返的过程，没有印象，只记得自己恍恍惚惚地在及胸的海水间行走着，不小心吸进了一口海水，便恢复了记忆。我走到警察局去，打电话回美国的家，爸爸妈妈和哥哥吓了一大跳，以为鬼魂来电了。"

星野洁苦笑着。星野凉的眼眶微微润湿。

"弟弟突然在两年后'死而复活'，你们可以想象我们一家人乱成一团的模样！"

星野凉又大力拍了拍弟弟的肩。

"竟然会有那样的事。"孔澄呆呆地呢喃，"在海中消失了两年啊。"

"自此，阿洁成了这儿的名人。你到书局去找找看，不少以不可解神秘事件为题的书，也有辑录阿洁神秘失踪再返回的事迹，不过世上没几个人当真就是了。毕竟，在这世界上，大部分人都只相信科学可解释的合理现象。超越科学常识的事，即使明明是真实事件，也会被人嗤之以鼻，看作三流故事或传说。"

"但是，你们跟小池道夫又有点不一样，他的癌症不药而愈了，而且还返老还童。"

孔澄一副陷入沉思的表情。星野凉摇摇头。

"也不是完全不一样。虽然我们没有变老或变年轻，但我的脸被夺去了。而且，我从海里回来开始，便拥有了奇妙的感应能力。"

"我从大海回来后，自小缠扰我的哮喘病不药而愈。"

星野洁露出青涩的微笑。

"或许只是纯粹巧合，但真的是那样吗？"

两兄弟又转过头，心意相通地对看一眼。

"而且，我们对于失踪那段时间，同样只留下了一个模糊的印象。"

巫马和孔澄不禁探前身体。

"什么？"两人异口同声地问。

"发光的花海。"

"和小池道夫一样，唯一残存在记忆中的，是一片发光的花海。"

星野凉和星野洁两兄弟，一唱一和地说道。

星野凉和星野洁在逗子的别墅,是一幢蜂蜜色的两层平房,面向相模湾,景致恬静优美。

黄昏时分，巫马和孔澄在海滩上并肩漫步。

孔澄的白日梦终于成真了。

在染满夕阳光晖、大海一望无际的沙滩上，与巫马共度着魔幻时刻。

然而，为什么美梦成真时，总会让人感到绝望呢？

孔澄凝视着在夕阳光影下，巫马背光的侧脸。

永远像幻影般的侧脸。

"看路呀。"

孔澄差点被沙滩上的石块绊倒要摔跤时，巫马自然地拉着她的手。

"噢，对不起。"

孔澄的心怦怦乱跳。虽然她的光脚板已结实地踏在细沙上，巫马并没有放开手。

"看路呀。"巫马重复说。

"嗯。"

孔澄抬起脸来，还是无法看清巫马隐没在夕阳光线中的侧脸。

"我好像曾经梦见过这样的情境。"孔澄小声说道。

"嗯？"

"现在。这一刻。"

巫马微微一笑。

"是吗？"

"喂，你看得清我的脸吗？"孔澄问。

"看得见呀。在夕阳光线中，孔小澄好像竟然有一点点女人味哩。"

巫马把五官挤成一团地说道。

"哪，我们交换位置好了。"

孔澄跑近海浪那边，和巫马交换位置。但是，仍然看不清巫马的脸。

总像个幻影般，完全没有一点真实感的存在。

"你现在看得清我的脸吗？"孔澄再度问。

"看得见呀。"

"为什么我总看不清你的脸？"

巫马用手指弹弹孔澄的额头。

"笨蛋，是不是近视？抑或老花远视？"

孔澄抚摸着额头。

"痛呀，你才是笨蛋。"

巫马没跟孔澄抬杠，眯起眼睛看向海面。孔澄也不期然转过视线，凝视着眼前被柔风轻轻吹拂着的大海。

"这片海很美吧？完全不能跟杀人事件联系上来。"巫马说。

"关于这片海的传说，真的跟这次的事件有关吗？"

"那不是传说吧？星野凉和星野洁，的确曾从这片大海消失又返回。"

"海底的水中花，藏着康怀华被杀的真相吗？"孔澄茫然地问。

"只有潜入这片海，才能找到答案吧。"

"像幻影般的水中花，真的存在吗？"孔澄喃喃自语。

像幻影般的水中花。

只要握在手中，幻影就会化为真实吗？

孔澄凝视着巫马如幻影般的侧脸。

"就潜进去找找看吧。"

孔澄主动紧握巫马的手。

"让我们一起潜进那片奇迹之海看看。"

孔澄边感受着巫马手掌柔软温厚的触感边说。

然而，不知为什么，在心底一隅，她总挥不掉一抹怅然的感觉。

总觉得，那像是永远只存在于幻影之国的一双手。

Chapter 4　一瞬的永远

一轮银白色圆月挂于葡萄紫夜空。

入夜后，海边吹起了强风，翻滚的浪涛，在漆黑的海面上，撒下粼粼银光。

星野洁驾驶着快艇，载着巫马、孔澄和星野凉，来到暗黑海面的深处。

"你们非要在这种月黑风高的夜晚下海潜水吗？"

星野洁关掉快艇引擎，一脸纳闷地问。

"人死不能复生，这是宇宙万物运行的定律。如果这世上真的存在能让人死而复活的花朵，那便是妖异之物。月亮阴柔之气，能让妖物发挥最大能量。所以，月圆的深夜，是进行感应的最佳时间。"巫马解释道。

"你们有信心能找到水中花？"

星野洁一脸不以为然。

"不只是这里的居民和像我和哥哥这类业余探险者，过去几十年间，前来这海域探险的植物学家和冒险家不计其数，大家都无功而返。"

巫马瞄了瞄孔澄。

"我也只是陪陪太子读书。"

星野洁讶异地循着巫马的视线看向孔澄，表情像在说，这小妮子才是真正的厉害角色？不会吧？

"孔澄是巫马的得意高徒。阿洁，你哥哥我只懂摸泥雕塑，今晚让你见识见识我们组织中传奇人物巫马和后起之秀孔澄的力量吧。"

星野洁还是一脸担忧地看向两人。

星野凉扭亮带来的强力照明灯。

"我和阿洁会留心你们的状况。"

"不用大惊小怪，我们又不是潜入深海，只是潜个水进行感应罢了。"

巫马说得轻描淡写，利落地脱下黑色 T 恤。

孔澄也有样学样地脱下米奇老鼠图案 T 恤，但脱衣服的姿势相当别扭。

结果，她穿的也不是会让巫马眼前一亮的比基尼泳装，只是平日去上游泳课，包得密密实实的 Speedo 运动型泳衣而已。

想象跟现实，怎么永远存在着那么大的鸿沟呢？

"孔小澄，你是真的学会了游泳，不会再像滚地葫芦般在水里转的吧？"

孔澄气得牙痒痒。

侦查"水中消失"事件时，孔澄在尼斯湖差点遇溺的糗事，巫马还要挂在嘴边多少年？简直像个长舌妇。

"好好看着，我亮点真功夫给你看。"孔澄抬高下巴，气势满满地说。

"好，那我今次至少不会被你吓得心脏病发了。"巫马笑着说。

孔澄还想拌嘴，巫马却已经牵起她的手。

"听好，进入海里后，放松身体，集中念力。无论看见什么，也不要惊慌失措。好好记着，无论你看见什么，那都只是'视界'

中给你的信息，像幻象一样的东西，不是真实的。感应消失后，你捏捏我的手，我们便可潜上来。"

"要是什么也感应不到，那我们要一直闭气留在海中吗？"一向胆小如鼠的孔澄又在找退路了。

"啊，我想起来了，今天我擦伤了膝盖，会吸引鲨鱼来袭击我们吗？"

巫马翻翻白眼。

"放心，这海域没有鲨鱼，海豚倒可能有。"星野凉说。

"还未试你就已经想打退堂鼓了？抱着半吊子心态的话，你永远不能成为一个像样的冥感者的。"巫马以严厉的语气说。

人家根本没兴趣当什么像样的冥感者。孔澄在心里嘀咕。

但是，这次不一样吧？水中花的传说，或许真的连接着杀死康怀华的凶手。

孔澄甩甩头，眉头深锁。

忘记胆小如鼠的自己，抛开杂念，认真努力去干吧。

为了康怀华。

"我数三下，深呼吸，然后我们就要下去了。"

巫马深邃的眼眸在漆黑中闪动着。孔澄用力点头。

"一、二、三。"

巫马和孔澄牵着手，一起翻身跃进黑漆漆的深海里。

最初，孔澄只感到眼前一片黑暗。

就像和巫马手牵手一起掉进了一瓶深蓝色的墨水里，四周一片浓稠幽深。

孔澄听从巫马的指示，放松身体，可以感觉到两人的身体不断往下沉。

冰凉的海水，像黏膜般包裹着全身。

在这种伸手不见五指的漆黑中，海水紧贴着肌肤，水的律动好像蕴含着意志与生命。

像是被无形的冰冷臂弯，从背后紧箍着她不放。

孔澄转过脸，想看清巫马的身影，但在漆黑的海底中，什么也看不见。

在流动的冰凉海水中，手指的触感也好像渐渐麻痹了，感觉不到巫马握着她的那只大手。

集中心念，不要左顾右盼。孔澄好像感应到巫马无言的话语传送到她的脑海里。

孔澄甩甩头。

传说中的水中花，真的存在吗？

康怀华，你为什么被遗弃在这片深海中？

康怀华，你听见我说的话吗？

孔澄在心里不断叨念着。

然而，眼前依旧是漆黑一片。

就在孔澄开始泄气，已经想放弃的时候，远处，很远很远的某一点，突然发出一道像星星般闪闪的光芒。

水中花？

孔澄没有发现自己甩开了巫马的手。

她心无杂念，拼命划着手和脚，朝那闪闪发光的一点潜游过去。

游了好久好久，不知道多久，孔澄没有发现自己完全不需要换气，像变成海豚那样，在深海中自由地悠游着。

念力突破了肉体的囚困，孔澄一心一意朝那光芒游去。

然后，她看见了。

那团闪闪发光的东西，是在"视界"中曾看见过的冰棺材。

但是，这次有点不一样。

在那如巨大冰块的冰棺材里，有谁被困在里面，正在冰棺材里拼命挣扎着，挥舞着手脚，敲打着冰壁。

是个女孩。

孔澄更用力地向前划游，直至潜游到冰棺材面前。

厚厚的冰层后，那女孩在拼命敲打着冰壁想逃出来。

孔澄把脸贴上冰棺材。

她跟女孩，隔着冰壁，脸贴脸地相对。

孔澄的双眼惊怖地睁得大大的。

被困在冰壁后的女孩的脸，跟孔澄长得一模一样。

冰棺材里的孔澄，正睁着惊怖的眼睛，拼命敲打着冰壁。

孔澄呆呆地张大嘴。

那一瞬，口里结实地灌进了咸咸的海水。

孔澄完全失了方寸，手脚拼命地用力抓，嘴里却灌进更多更多的海水。

呼吸被堵住了。

孔澄愈是惊惧，愈是用力想抓住什么，身体愈是急速往下沉，海水猛烈地灌进嘴里。

冰棺材里的孔澄，还是不断猛敲着冰壁。

那一瞬，孔澄突然意识到自己要死了。

这就是最后了。

"不要来。绝对不要来。"那就是康怀华不断向她发出警告的意义。

出发前，在视界看见被困在冰棺材中的女孩，就是她自己。

但是，为什么？为什么？

她还没有找出真相啊？

要这样不明不白地死掉吗？

甚至没有和巫马，像样地接过一次吻啊。

童年回忆的风景，快速地在孔澄眼前，像电影片段般播放着。

这就是最后吗？

就是人们常常说，在死亡的一瞬，会在眼前重现自己人生的善与恶吗？

孔澄的意识渐渐迷糊。

这就是死亡啊。

在冰凉的海水触感中，一双热暖的唇，突然堵住了孔澄的嘴唇。

空气进来了。

孔澄感到自己的身体被拥抱着，轻飘飘地向上浮升。

自己可以上天堂吗？

自己曾经说过无数次谎，说过三次粗话，还曾经……

好像只过了几秒钟，又好像过了一世纪那么漫长，嘴唇上热暖的触感倏然消逝，同时间，上半身也离开了冰冷的海水。

"孔小澄。"

眼前映入巫马的脸。

巫马的臂弯拥着她，两人在海面上载浮载沉。

"我、我没有死去吗？"孔澄迷糊地问。

巫马大力咳嗽起来。

"好像没有。我倒是快要死了。"

巫马的呼吸好不容易才恢复畅顺，游目四顾，在海面上搜寻着快艇的踪影。

"我们好像游得太远了。"

巫马默默拥着孔澄，向不远处突出的海岸线游去。

巫马把孔澄推上一块巨大的石岩，再用双手撑着爬上石块。

"这里是哪里？"

孔澄环视着一片黑暗的岩石堆和大海。巫马摇摇头。

"我们在这里等着吧。阿凉发现形势不对，会来找我们的。"

两人都浑身湿透，在岩块上坐着发抖。

"巫马，你看见了吗？"

孔澄徒劳地抹着滴落脸上的水。巫马什么也没说，只是默默地看着孔澄的脸。

"你也看见了。"

孔澄害怕地呢喃，身体又打了个颤。

"没事的。"

巫马仍然看着孔澄的眼睛。孔澄猛摇头。

黑暗的预感。

死神的邀请函。

自己是在死神聂明名单上的下一个名字？

将会在"歌中消失"，被遗弃在这片深海的下一个女生？

孔澄跌坐在岩石块上，全身颤抖起来。

"没事的。"

巫马来到孔澄身后，从后环抱着她，用手抚摸着她的头发，像安抚受惊的小猫般重复说"没事的"。

"有我在呀。"

巫马好像不只在安抚孔澄，也为了稳定自己的心绪。

然而，那一刻，孔澄心里清明如镜。

她的感应从来不曾出错。

她将会葬身在这片大海之中。

经历过无数风浪的巫马，应该比她更清楚，刚才看见的，就是属于她，无可逆转的命运。

冷得从心发抖的两个人，在等待的时间里，一直紧紧拥抱着彼此。

合而为一的肌肤触感。

一点一点暖和起来的身体和心。

那一晚，是孔澄记忆中，最害怕，也最美好的晚上。

那一瞬，好像就是永远。

或许，所有无法开花结果的爱情，在擦身而过时，每个人，都曾拥有过一瞬的永远。

那一夜之后，孔澄开始发起高烧，陷入意识迷糊不清的状态。

在星野家的别墅内，巫马好几夜守在孔澄床畔。

"喂，孔小澄，是不是被自己'视界'看见的东西吓坏了？"

"孔小澄，不要被自己打败了。自己先放弃的话，就会让厄运有机可乘的。"

"孔小澄，振作一点呀。"

"不是说一起去热带岛屿度假吗？你不在，我还是会一个人去看比基尼女郎哟。"

迷糊中，孔澄听见巫马在她耳畔碎碎念。

孔澄想睁开眼睛，想张开嘴巴，告诉巫马事情不是那样的。

她不是在撒娇。

这个时候，绝对不想倒下来。

但是，四肢五感好像都不再属于自己。

脑袋像塞满糨糊般很难受。

手脚也好像陷入泥沼里，被拖曳着一直往下沉。

孔澄也很努力地，耗尽能量和意志，叫自己起来，叫自己恢复过来。

三天后的深夜，孔澄终于张开眼睛。

浑身感到黏答答的很不舒服，是因为身体发热在流汗吧？

孔澄把视线从天花板移向床上自己的身体。

巫马伏在她床畔睡着了。

胸膛起伏着的他，发出沉稳的呼吸声。

好像小孩子的睡脸。

孔澄脸上泛起虚弱的微笑。

然而，就在那一瞬，孔澄感到房间里有"异物"存在。

孔澄由全身滚烫骤然变得浑身发冷。

眼角可瞥见有谁正坐在房间右侧的窗台上。

孔澄好想闭上眼睛回避。

但是，明知那是不可能的。

孔澄猛眨着眼睛，把脸微微转向右边。

面向大海，镶嵌着整面玻璃的白色窗台上，坐着一个全身湿漉漉，长发还滴着水珠的女孩，幽幽地看着她。

孔澄张开嘴，却发不出声音。

女孩有一头乌亮黝黑的长发，杏形的小脸上，整齐的刘海不断滑下水滴。

女孩全身赤裸，不胜寒冷似的，用双手抱着膝盖。

女孩长长的睫毛眨动着。

长睫毛也像凝结着朝露的叶片般滑下水珠。

女孩抬起黑宝石般美丽的眼睛，静静凝视着孔澄。

白皙得近乎透明的赤裸身体，不断滑下水滴。

滴。滴。滴。滴。滴。滴。

　　孔澄仿佛可以听见女孩身上的水珠，滴落光洁地砖上发出的声音。

　　"mi do / do re do si / si do si la / la si do re / re sol fa mi ……"

　　女孩薄薄的嘴唇紧闭着，但孔澄却可以听见她在轻哼着那首曲调。

　　圣音的歌曲。

　　"圣音！"孔澄终于发出微弱的呼喊。

　　女孩的身影缓缓淡褪成一团光影。

　　孔澄在床上爬起来，走到窗台前伸出手。

　　"圣音！"

　　女孩的光影，却完全消失了。

　　但在消失以前，她黑漆漆的眼眸，一直执拗地凝视着孔澄。

　　窗台上，留下了一个小水洼，一颗颗像泪滴般的水珠，沿着窗台不断滑落。

　　第二天，孔澄再度醒来时，昨夜那女孩的幻影，犹如一场恍惚的梦。

　　到底是梦境，还是真实？

　　那悲伤地凝视着她的女孩，就是神秘的网络歌手圣音吗？

　　她到底是谁？

　　从香港超越空间漂浮在日本相模湾海面的四个女孩。"圣音使徒"网站，圣音的魔性曲韵，魔女的银吊坠爱情咒语，相模湾的水中花传说。一切一切，到底有什么关联？

孔澄的脑袋，已经如塞满杂草般无法思考了。

但是，早上醒来时，高烧至少稍微减轻了，可以起床，可以吃完一整碗巫马做的鸡丝粥。

孔澄刚想告诉巫马昨晚那不可思议的体验时，星野凉的手机响起来。

星野凉语气凝重地用日语跟对方倾谈着，当他合上手机时，脸色仿佛微微发白。

"发生了不得了的事情。"

星野凉的视线来回看着巫马、孔澄和星野洁，喃喃地说道。

他们一行人巴巴地赶到镰仓警署门口时，又被警方人员用预先准备好的房车接载，朝幽静的一色海岸某间别墅出发。

"他说，这件事被列为高度机密，一切相关消息都被封锁了。我们今天见到或听到的事情，绝对不可以泄漏出去。"

星野凉翻译着负责驾驶房车的刑警说的话。

看起来有五十多岁，头发掺满银丝的刑警，一脸失魂落魄。

"昨日下午，有一个少女和朋友们一起在海滩游泳时失踪了。警方今天早上发现了她，她安然无恙。"

巫马边说边在脑海里重新整理一次星野凉从刑警那儿转告他们的话。

星野凉点点头，说："嗯。"

"但在那女孩身上，却发生了不可思议的事情。"

星野洁像加入成为冥感队伍的一员，也一脸紧张兮兮地确认。星野凉再度点头。

"可是，到底是什么不可思议的事情呀？"

孔澄揉揉因发着低烧而变得红扑扑的脸蛋，情急地问。

星野凉用日语向老刑警又询问了什么。

老刑警大动作地挥着手，叽叽咕咕地说了一串话。

"他说，我们很快就知道答案了。"

车厢里各人不禁静默下来。

到底是什么事？

日本警方为什么如临大敌，急召他们这群冥感者去见她？

充沛的阳光透过车窗照进来。

从车窗看出去，房车正沿着海岸线蜿蜒曲折的坡路一直爬行。

相模湾碧蓝的海面，在阳光下如镶满钻石般闪闪发亮。

又一个从大海回来的少女。

孔澄静静思忖。

但无论如何，这少女不是平安无事归来了吗？

孔澄蓦然想起瑟缩着身体，浑身湿漉漉的圣音。

那是圣音吧？

她也在这片大海中吗？

天空上不知何时飘来了一片厚厚的雨积云，刚才还是炫目闪亮的海面，刹那间暗淡下来。

孔澄茫然地凝视着苍蓝的海面。

这片看起来如此恬静美丽的大海，到底埋藏着什么秘密？

银发刑警领先走进蓝白色小平房的玄关。三个较年轻的刑警从屋里走出来相迎。

"一切可好？"银发刑警问同僚。

同僚神色凝重地点点头。这三人似乎是在这儿负责守卫工作的。

银发刑警朝巫马一行人扬扬手。

"我这就带你们去见她。她的名字是柳叶早苗，十六岁，就读于镰仓高校高二年级。"

银发刑警带领着众人，穿过别墅一楼的柚木地板走廊，在最里侧的房间门前停下脚步。

银发刑警敲敲门，向巫马他们摆摆手做了个"请进"的手势。

一行人步进房间内。

孔澄倒吸一口气。

她终于明白，警方为什么如临大敌，把这个叫早苗的少女藏起来了。

房间内的单人床上，坐着一个老妇人。

外表看上去应该有七八十岁了，脸孔尖削，皮肤干瘪而且布满皱纹，一头散乱的长发披至胸前，头发掺满银丝。

老妇人身上穿着连帽子款式的鲜红运动罩衫和白色迷你短裤，脚踏印上黄菊图案的凉鞋，露出瘦骨嶙峋的大腿和小腿。

那格格不入的装扮，令她浑身散发出一种怪异的气氛。

老妇人抬起暗浊的眼眸，一脸警戒地瞪视着闯进来的陌生人。

"早苗，这几位是研究特异事件的专家，请你把发生的事，好好跟他们说一遍。他们是来帮助你的。"

银发刑警像跟小女孩说话般放软声音说道。

老妇人暗浊的眼睛在各人脸上骨碌碌地转，好半晌后，好像终于安下心来，脸上露出与年龄不相称的稚嫩表情，怯怯地点头。

银发刑警看了星野凉一眼，示意把接下来的时间交给他。

星野凉看了巫马一眼。

"我先跟她谈，再翻译给你们听。你们要是有什么问题，也可以让阿洁或者我替你们翻译。"

巫马和孔澄正色地点头。

"柳叶小姐……"星野凉开腔。

"叫我早苗就好。"柳叶早苗垂着眼睛细声说。

"你昨天跟几个朋友到海边去玩，是吗？"

早苗点点头。

"你遇溺后失踪了，是吗？"

早苗大力摇头，紧抿着嘴巴，像拼命隐忍着想夺眶而出的泪水。

"不是那样的。"

早苗深吸一口气。

"下海游泳后，我和同学们一起玩了好一阵子。因为我很熟水性，想游去更远的地方，就跟同伴们说：'我出去游一会

儿再回来。'我越过了海面的警戒线，慢慢游着蛙式。昨天
天气很好，海面上风平浪静，感觉很棒很舒服。我一直慢慢
地向前划游，一点也不费力，觉得自己可以游得更远。我只
记得自己舒服地在海中畅泳，为何会就那样经过了一天一夜，
我一点记忆也没有。"

"当你回过神来时，已经在海滩上了？"星野凉问。

"嗯。"早苗点头说，"待我回过神来时，发现自己正在
及胸的海水中行走着，脑海里一片茫然。我到底在哪里？在做
什么呢？那样想着的时候，口里吸进了一口海水，我便突然
记起来了。我和同学们，一起出海游泳哪。我回头看向大海，
却找不到同伴的踪影。我于是一步一步走上沙滩。不知为什么，
觉得气喘吁吁，浑身无力。我跪跌在沙滩上，觉得自己好像要
倒下来了。这时候，救生员平仔跑到我面前，搀扶起我问：'婆
婆，你没事吧？'"

早苗吸了吸鼻孔。

"我吓了一跳。我和同学们跟平仔都很熟络。我就说：'平
仔，我是早苗呀，谁是婆婆？'平仔却骤然放开手，像看见
鬼魅般瞪视着我，然后还是执拗地问：'婆婆，你的家人呢？
你一个人来吗？'我完全莫名其妙。'我是柳叶早苗呀'，
我又说了一遍。然后，我的眼光落在自己的手脚上，瘦削又
干巴巴的手脚，真的像老太婆似的。我举起手抚摸自己的脸，
竟然也是干瘪的。我甩开平仔的手，喘着气跑上沙滩，冲进更
衣室里，然后，在镜子中，我看见、我看见……"

早苗捂着脸，放声痛哭起来。

"到底为什么我会变成这样？为什么？"

星野洁呆呆地瞪着柳叶早苗。

"同样的事，曾经发生在我身上。只是，我失踪了两年，回来时，没有变年轻，也没有变成老人。"

星野洁一脸迷惘。

"对于失踪时发生过什么，你也是一点回忆也没有，是吗？"

早苗拼命摇头，突然她的动作静止了，微歪着头，眯起眼睛像突然看见了什么。

"什么？你想起了什么？"星野凉紧张地问。

"发光……啊，有些什么东西在发光。我好像见过……花……一片花海。"

早苗迷惘地不断眨着眼睛。

房间里所有人，同时倒抽了一口气。

"阿凉，你问问她，有没有听过圣音这个名字？是个网络歌手，她有没有听过她的歌？"

早苗听了星野凉的问题，一脸困惑，但坚决地摇头。

孔澄失望地吐了一口气，看向巫马。

但见巫马紧绷着脸，眉头深锁，眼里又闪现出那道深邃的光芒。

"巫马？你想到了什么？"

巫马还是一脸凝重。

他突然抬起脸来，朝星野凉说：

"阿凉，请你帮帮忙，我想看看一些旧新闻记录。六十三年前渔夫小池道夫海葬的前一天，十四年前你和阿洁在这片海失踪那天以前，还有前天的本地新闻，有办法找到吗？"

"前天的新闻当然没有问题，十四年前也会有办法，只是六十三年前就……哎，给我一点时间，我努力试试看吧。"

"巫马，为什么要找以前的新闻？"

星野洁和孔澄同样大惑不解，不约而同地发问。

"现在还没法解释，或许是我想得太远了。"

巫马抱起胳臂，露出深思熟虑的表情。

"只是，但愿不是我所想的那样。"

巫马闭上眼睛，深深叹了一口气。

Chapter 5　梦想之岛

香港

"我们是为了出席康怀华的葬礼才回来的吧？还不出门就赶不及了。"

巫马敲敲孔澄房门。

房间内一点声息也没有。

"孔澄？"

巫马推开虚掩着的房门。

拉上了厚重窗帘的昏暗房间内，孔澄抱着膝盖坐在橘色地毯上，背靠着房门旁的墙壁在发呆。

"我、我还是无法办到。"

孔澄抬起眼睛瞄了巫马一眼。

"怎么了？"

巫马在孔澄身旁蹲下来。

"如果去那种地方跟她告别的话，一切就会尘埃落定吧？"孔澄小声说。

"康怀华已经不会回来了。"巫马沉声说。

"我还是不想去跟她说再见。只要不正式说再见的话，就可以永远当她去了遥远的地方旅行，乐不思蜀。"

"孔小澄。"

"我和她，还是会再见的呀。在另一个时间，另一个地方，一定会重遇。那样的话，今天为什么要去说再见？"

巫马默默在孔澄身旁坐下。

"如果你真的那样想，不去参加葬礼，不说再见也可以。"

巫马从裤袋里掏出香烟包，甩出一根烟叼在嘴里。

孔澄瞄了他一眼，想说睡房里是严禁抽烟的，但刚张开口，却连说话的气力也没有。

巫马却没有掏出火柴，只是一直叼着烟，像在失神地想着什么。

自从在一色海岸跟柳叶早苗见过面，巫马就常常这样独个儿发愣。

星野凉在日本拜托了警局的人寻找巫马所要的旧新闻，找到的话，会第一时间传真过来。

孔澄挪了挪身体，移近巫马一点。

099

"巫马。"

"嗯？"巫马叼在嘴里的香烟在嘴唇间上下摆动着。

"现在，这一刻，康怀华一个人孤独地躺在小小的棺材里。"

"不过，这并不是永别。你不是那样想的吗？"巫马以低沉的嗓音说。

孔澄轻轻咬着唇。

泪水在眼眶里打转。

但是，绝对不要哭。

我绝对不会哭。

因为，这并不是永别。

孔澄在心里跟自己说，露出一丝软弱的微笑。

"巫马。"

"嗯？"

"我可以把头放在这儿吗？"

孔澄指指巫马的右肩。

巫马淡淡地笑了笑，没说好，只是把身体微微挪近孔澄。

孔澄微笑起来，舒服地把头颅枕在巫马肩头上。

"只要破解水中花的传说，我们就能抓到凶手吗？"

巫马沉默不语。

"你好像对水中花传说的真相有点眉目了，是吗？干吗神神秘秘什么都不说？"

巫马微微叹一口气。

"因为我还未想通整件事情，还差最后一块，最重要的拼图。"

"最后的拼图？"

"如果星野凉找到的旧新闻印证了我所想的，那我可以确定，那的确是一片奇迹之海。但那奇迹之海，怎样跟四个女孩的失踪和死亡联系起来，还差最后一块拼图。"

"你是指……圣音？"孔澄犹豫地问。

"孔澄你好好回想一下吧？由最初开始，你每次的感应，呼唤到的，都是与圣音有关的事物。圣音的歌曲和圣音。我们到湘南海岸后，因为听到各种奇怪的传说和遇上柳叶早苗的事，把注意力分散了。要把所有谜团联结起来破解，最重要的关键，根据你感应到的信息，还是在圣音这个人身上。她到底是谁？为什么她的歌曲，好像拥有不属于人世间的魔性？"

"你认为圣音就是能引领我们，把现在零碎四散的谜团全部组合起来的最重要的一块拼图？"

巫马点头。

"我也是那样想。不过，我们在日本时，中国香港警方不是全力找寻圣音却无功而返吗？"

巫马眉头深锁。

"我原本以为只是找个歌手出来，以警方的人力物力，一定游刃有余。那个'圣音使徒'网站，是唱片公司制作的，下载圣音的歌曲按次收费，通过唱片公司接触她，应该轻而易举，怎料警方却束手无策。"

"警方那边不是说，他们已经彻底调查过了，证实唱片公司也不知道她的真正身份吗？"

巫马沉缓地摇头。

"我总觉得那里面有蹊跷。怎么可能有像幽灵一般的歌手？"

巫马和孔澄心灵相通地互看一眼。

"你想闯入唱片公司？"

巫马点点头。

"我总觉得警方那边，提到圣音的事时，言词闪烁。运用警局的力量，实在没可能连一个歌手的身份也查不出来。"

"那我们就自己去找她好了。至少我算是见过她，知道她的样子。"

孔澄脑海里，再度浮现全身湿漉漉的抱膝坐在逗子别墅窗台上的赤裸长发少女。

巫马点头。

"也只剩下这个方法了。"

孔澄觉得把头枕在巫马的肩上好舒服。

好想时间就在这一秒钟凝结。

或者，就让世界末日在这一刻降临。

"你的热度好像还没完全退掉，是吧？"

巫马说着，伸手摸摸孔澄的额头。孔澄不情不愿地拉起身体。

"好像还有点昏昏沉沉，不过我会用意志力战胜它的。因为我们，还有很重要的事情要做。"

孔澄和巫马的目光碰触。

两人好一阵子没有说话。

"这件事情结束以后，我们都退下来吧。"巫马突然说。

"嗯？"

"逃到组织没法找到我们的地方，不要再管他们要找什么接班人，两个人都退下来吧。"

"巫马。"

孔澄微微一笑，但那是很牵强的笑容。

"我是说让你以后每天做大懒虫，什么也不用做哦。怎么还哭丧着一张脸？"

巫马伸出手指弹弹孔澄的额头。

"痛哦。"

孔澄摸着额头。

"巫马是说要带着我出走吗？两个人？"

"放心，不会委屈你这个大懒虫的。我有说出来担保会让你吓一大跳的银行存款哦。"巫马半认真半开玩笑地说。

孔澄的脸慢慢亮起来。

"好哦。就那样做吧。逃到某个热带岛屿去，每天就是晒太阳和游泳，让巫马看比基尼女郎看个够。"

"每天早上睁开眼睛就喝琴汤尼，晒太阳游泳后午睡，再去散个步，然后慢慢思考晚餐吃什么。"

巫马脸上沉郁的表情也一扫而空，兴致勃勃地说。

孔澄扳着手指头。

103

"每天的晚餐有五道菜，先吃爽脆的沙拉，再喝浓浓的热汤，然后是丰盛的主菜，再来甜点和咖啡。"

"还有餐前酒、正餐酒和餐后酒。"

"每天都要吃到肚子撑不下才喊停。"

"然后一起变成胖胖的欧吉桑和欧巴桑。"

"然后巫马的视力愈来愈衰退，连 38D 的比基尼女郎也看不见。"

"那我不是失去人生最大的乐趣了？"

巫马耸动着肩膀笑起来。孔澄也弯着眼睛笑起来。

两人一直笑着笑着，笑得泪水差点冒出来。

"我完全想象不到孔小澄变成老婆婆的样子。"巫马摇着头说。

"的确是那样哦。"孔澄的笑容又消失了，喃喃地说，"你听人说过吗？要是别人无法想象你变成老人的样子，那就表示你可能活不到那个岁数了。"

巫马神色有点不自然地挪动了一下身体。

"我可没听说过。"

"真的吗？"

"从来没听过。"巫马笑了笑，"或许孔小澄是天山姥姥，永远长着童颜哩。"

"六十岁还是这副模样吗？不要唬我。"

孔澄软弱地笑笑。

"你又在胡思乱想了，不要胡思乱想。"巫马正色说。

孔澄老实地点头，说："嗯。"

"喂，我们晚上喝完餐后酒做什么才好？"

巫马突然话锋一转，继续着刚才的话题。

"欸？"

"在热带岛屿上，吃饱晚餐，做什么好呢？"

孔澄的脸倏地红了起来。

"我怎么知道？色鬼。"

孔澄朝巫马咂咂舌。巫马吃吃地笑。

"我心里想的答案是去看星星哦。孔小澄你想到哪里去了？"

"巫马聪。"

两人像玩词语接龙游戏般，一直絮絮叨叨地说着在热带岛屿上要做的各种事情，要去看的风景，要去吃的东西。

两人滔滔不绝地说着，笑着，在心里畅想着未来。

两人努力地一直说着，不让话题中断。

这是因为，两人都预感到，那样的日子，已经永远不会来了吧！

黑暗的预感，就是他们一起从那片神秘的大海带回来的伴手礼。

沉落深海里的冰棺材。

孔澄从不曾出错的预感能力。

拂不掉的黑暗预感，像一头安静的小狗那样，从那时候开始，一直黏黏腻腻地徘徊在他们脚边。

此刻，那头小狗，也在这房间中安静地吐息，默默地瞅着他们。

两人把梦话都说累了以后，陷入微妙的沉默。

巫马终于掏出火柴盒，划亮火柴，微垂下脸点亮香烟。

孔澄凝视着那转瞬即逝的火光。

一直深深凝视着。

即使在那火光已完全熄灭了以后。

"我真的什么都不知道。"

唱片公司最高负责人是个四十出头的瘦削男人，说了半天，他还是重复着那句话。

一头中分的及肩长发，架着扁长的黑框眼镜，穿着一望而知价值不菲的时尚名牌黑色西装、绸布白衬衫、彩虹色调领带与名牌白色步行鞋。

微眯起眼睛吐着烟雾时，举手投足间，昔日那个乐与怒青年，像个影子般淡淡贴在背上。

"我们是代表警方来请你坦诚跟我们合作的。"

巫马从会议室的黑皮椅子上站起来，有点沉不住气地说。

"这我当然知道。我就是看过你们的证件，才会腾出时间坐在这里跟你们说话。"

男人有点不耐烦地在水晶烟灰盅里捻熄只抽了几口的烟蒂。

"唱片公司怎么会给一个完全没见过面的歌手出唱片？"孔澄问。

"我们没有替她出唱片。她的单曲，是限定只能经由网站下载的。我们公司正在积极探索发展从网络下载歌曲的市场。那时候，圣音正好出现了，我们很欣赏她送过来的 demo ①，但她又坚决不肯露面，所以，我们心念一动就想到用她来作网络宣传的试金石。反正我们也不用投入庞大宣传费用，不妨一试。当然，我们也没料到她会那样大受欢迎，成为网络上的偶像。"

男人像背诵熟悉的台词般一鼓作气地说道。

"这番话，我早就跟警方派来的调查人员说过了。"

"你是说你连圣音的真名字是什么也不知道？跟歌手合作，总需要签约的吧？你们要付版税给她的吧？"

---

① 试唱唱片。

巫马重新重重地坐下来。

"圣音的歌曲 demo 是雇用快递公司送过来的。她坚持不露面，也不要酬劳，所以我们没有签约。"

完全是一派胡言。巫马愈听愈气。

这是跨国唱片公司。那么有规模的大公司，怎会发行一首未与歌手签约的歌曲？

口头协议是一回事，要是歌手真的一炮而红，突然改变主意追讨版权，唱片公司就麻烦了。

全世界任何组织都一样，最讨厌麻烦和风险。

这男人说的话，绝对是大话连篇。

"你们也没替她正式录音，就用她哼唱版的 demo 发行单曲了？"巫马再次沉着气问。

男人摊摊手。

"我就说呀，她不肯露面，我们却很想要她的曲子。她自己录音的水准很高，那个哼唱版听起来就是有说不出的韵味，我们觉得可以，就用那 demo 试了一试。"

"你的意思是，你曾经跟她通过电话？那至少有她的电话号码吧？"

孔澄以为自己终于找到男人话里的破绽。男人仍然气定神闲。

"我只跟她通过几次电话，都是她主动打过来，我们没有她的联络方法。"

"圣音现在一炮而红，地位等同于网络上的音乐女神，你

107

们一定很着急想要她的新单曲或者为她出唱片吧？那你们打算怎样联络她？"

男人摇摇头。

"虽然很遗憾，我们也着急得不得了，但圣音若不愿意与我们联络的话，我们就找不着她。"

男人像想起什么般顿了顿。

"事实上，几天前，圣音曾经打电话过来，说没兴趣继续当歌手了。或许她今后不会再跟我们联络了。"

男人夸张地叹了口气。

"作曲家都是脾气古怪的艺术家呀。谁知她心里在想什么，不喜欢钱的人，我们也拿她没辙。"

"几天前？"巫马和孔澄异口同声地问。

"嗯，好像是前天吧。"

男人扶了扶眼镜。

"你有在电话中告诉她，警方在寻找她协助调查吗？"

"我还来不及说，电话就挂断了。"

男人完美地回应。

"那我们从电话账单翻查记录，就能找到她的电话号码了。"

孔澄双眼发亮。

"警察来问时，我也说过相同的话。警察也查核过了，证实是从公众电话亭打来的电话。"

完全滴水不漏。

但令人更觉得是谎话连连，听得人耳朵都发痛了，真拿他没办法。

"这关系到一桩连环谋杀案，如果将来查出你故意隐瞒圣音的身份，阻挠警方办案的话，你会遭到起诉的。"孔澄气急败坏地说。

"我知道。"

男人还是一脸气定神闲地站起来，瞄瞄名牌手表。

"我就说过，我实在帮不上忙。"

男人微笑着摊摊手。

"真是气死人了，他分明在说谎啊。警察不是最擅长把人关在密室里，用厚重的电话簿当护垫，痛殴到他们乖乖招认的吗？"

"孔小澄，你电影看太多了。而且，那个乐与怒中年不是犯人呀。"

巫马迈开长腿在人行道上走着，微俯下脸点着香烟，重重吐出一口烟雾。

"我敢打赌，他一定知道圣音是谁。刚才说的全部是谎话。是因为圣音从未露面，变成像个传说或神话一样的存在，令崇拜者愈来愈疯狂，将她捧为女神，所以，唱片公司坚决不肯让她曝光吗？抑或她拥有天使之音，却长得奇丑无比。"孔澄纳闷地说。

"你在感应中见过的女孩，很美吧？"

孔澄点头。

"所以我想原因不在她的相貌。"

孔澄困惑地甩甩头。

"原先我也想过，圣音既然出现在我的'视界'，说不定已经死了，是个幽灵，想找也找不着。但是刚才那彩虹领带男又说，几天前才接过她的电话。"

"那个男人的话，不可尽信。"

"但为什么他要那样死死守护着圣音的真正身份？已经有四个女孩受害了啊。"

孔澄不禁激动起来。巫马突然停住脚步。

"怎么了？"

"为什么康怀华会是最后一个？"巫马突然说。

"什么？"

"康怀华之后，近日再没有女生失踪了，也没有新的尸体在湘南海岸那边被发现。如果是连环变态杀人凶手的话，杀人的欲望只会愈来愈强烈，找寻猎物下手的时间也会愈缩愈短。但凶手却突然停下来了，为什么？为什么康怀华是最后一个猎物？"巫马一边思忖，一边像自言自语般呢喃。

说不定我就是下一个目标啊。孔澄心里抖震着想。

由始至终，她无法不觉得，康怀华被选中并非偶然。

巫马的手机突然响起来。

巫马吐着烟，蹙着眉，一脸不耐烦地听着对方说话。

巫马紧绷着脸挂掉电话。

"果然如我所料。刚才那个彩虹领带男，立即就向警局内的某人报告我们来访了。"

"什么？"

"上头来电了。说当初已经协议好圣音那条线由警方负责，我们不要掺一脚。"

秘密警察组织听起来很神气，但实际上，也不过是另一个官僚组织，同样很怕麻烦和风险。

一直以来，警方最高层跟秘密警察最高层好像都是面和心不和。

警方那边的高层，也有不少人对他们这个犹如灵幻警察的秘密部门嗤之以鼻。

我们这些灵幻警察，可是为他们那边侦破了不少进入死胡同的案件。有事钟无艳，怕惹上麻烦时就变脸欺压我们。孔澄气愤地想。

"我们调查圣音，到底对谁造成不便了？"

孔澄愈来愈迷惑。

"我就说，警方不可能找不出圣音身份的。"

"你的意思是，警方那边已经找出了圣音的身份，却隐瞒我们不说，还想阻止我们调查下去？他们到底发现了什么？"

巫马扬扬眉毛。

"能动用到警方最高层做保护罩，圣音到底是谁？我愈来愈感兴趣了。"

虽然上头已经下令不要追查圣音这条线，但被巫马这匹脱缰野马遇上，他当然不会就此罢休。

巫马和孔澄虽然势孤力弱，但还有星野凉这张王牌。

巫马打长途电话到湘南海岸，急召星野凉这个雕塑大师前来助一臂之力。

巫马的计划，是要利用媒体的力量，逼迫圣音或认识她的人现身。

星野凉按照孔澄绘画出来的素描，老实恢复他雕塑家的身份，夜以继日地制成了十数尊圣音的巨型雕像。

展出场地将会是市中心大型休憩公园内的半球形玻璃建筑美术馆。

雕塑展主题为"揭开圣音的神秘面纱"。

巫马和孔澄两人彻夜在家里操作电脑和传真机，除了把雕塑展的消息透过网络发布外，更将邀请函传真给各大传媒。

猎人的陷阱和捕网已经准备就绪了，就等待猎物出现。

仰赖圣音的神秘感和人气，举行雕塑展的消息，从周末深夜起在网络上开始流传，已吸引到数百个疯狂歌迷在公园外通宵达旦守候。

雕塑展于星期天早上十点开幕。

这天天朗气清，晴空中万里无云。

早上八点稍过，各大传媒的摄影队也已蜂拥至公园。

孔澄站在玻璃建筑美术馆内，环视着由星野凉巧手塑成的圣音雕像群。

星野凉采用的物料是赤陶土。十多尊砂红色的圣音雕像，或站或坐，分布在会场不同角落。

从玻璃天窗上悬挂下的射灯，让每一具圣音雕像，栩栩如生地沐浴在闪烁的光华中。

秀发长至腰际，整齐的刘海覆盖着前额，杏形小脸上，镶嵌着清灵的美眸。

星野凉运用艺术家的想象力，为圣音的雕像设计了不同造型。

轻托香腮，幽幽凝视前方，脸上挂着朦胧微笑的圣音。

113

站在圆形小舞台上的麦克风前，宽大长裙衣袂飘飘，闭上眼睛微张着嘴，像轻哼着曲韵的圣音。

坐在钢琴前，专注地看着钢琴架上的乐谱，双手在键盘间如流水行云般舞动，露出自信微笑的圣音。

而全场最瞩目的雕像，放置于会场圆周的中心点。

圣音美丽的胴体一丝不挂，呈抱着膝盖静坐的姿势，下巴枕在膝盖上，长发湿漉漉地贴在额际和背上，一脸忧伤。

孔澄眨着眼睛，三百六十度旋转着身体，凝视着圣音的一颦一笑。

随着身体旋转，微微晕眩的视觉中，每一刻，圣音的雕像也好像随时会眨动眼睛活过来。

"猎物会不会上钩呢？"

巫马站到孔澄身旁，环视着雕像说。孔澄一脸担忧。

"唱片公司的人或警方，会来阻止我们吗？"

"邀请函是昨晚凌晨传真到报馆和在网上发布的，而且我们动用了媒体，他们想阻止也阻止不了吧。"

星野凉因为连续几天不眠不休地制作雕像，早已举手投降，倒在巫马家中的床上呼呼大睡了，无缘参与今天的盛会。

随着美术馆的大门朝两边开启，热情的歌迷和媒体工作人员，疯狂地涌进会场。

"请问谁是这里的负责人？这些真的是圣音的雕像吗？我们如何能确定？"

一个电视台摄影队的工作人员抓着会场守卫问。

"我、我不清楚呀。"守卫结结巴巴地答。

"到底谁是这雕塑展幕后的举办者？整件事都神秘兮兮的啊。深夜突然发出邀请函，我们还怀疑是不是恶作剧哩。"

巫马和孔澄不着痕迹地退到一边去。

"好好注意踏入场馆每一个人看见雕像的表情，幸运的话，一定会找到认识她的人。"巫马压低声音在孔澄耳畔说。

然而，不用他们像盲头苍蝇般找寻，猎物却自己找上他们了。

一个穿着深灰色西装的男人，挤过疯狂的群众和记者，笔直朝巫马和孔澄走来。

"是巫马先生和孔小姐吧？"

深灰西装男人嘴里虽然那样问，但表情却是胸有成竹。

巫马和孔澄讶异地点点头说："嗯。"

男人环视了圣音的雕像一遍。

"我家主人，想见见你们。"

"嗯？"

"他在外面等着你们。"

男人不由分说地领先挤过人群走出去，好像也的确料到，巫马和孔澄一定会二话不说跟他走。

男人踏着坚定的步伐，笔直朝公园外走去。

公园门外的人行道旁，停着一辆银灰色豪华轿车。

车窗配置明显违反交通法例，采用从外头看去一片暗黑的玻璃。

男人在车门旁停下脚步，像在朝车里的人微微欠身。

巫马和孔澄也停下脚步。

豪华轿车的电动车窗缓缓滑下，巫马和孔澄眼帘内，映入一张他们十分熟悉的脸孔。

"你们就是巫马聪和孔澄吧？"老人问。

巫马和孔澄因为过度愕然而呆了半晌。

老人没有自我介绍。

当然，他是不用自我介绍的。

老人以炯炯的眼神直视着他们。

"现在，你们满意了吧？"

"请问……"孔澄讷讷地开腔。

"圣音是我的独生女。"老人紧绷的脸堆满恼意，打断了她的话。

巫马和孔澄同时倒吸一口气。

"既然你们那么执拗,我就带你们去见她。"老人以威严的命令语调说,"上车吧。"

巫马和孔澄互看一眼。

坐在车厢内,是本市无人不识的首富秦礼和。

圣音是秦礼和的独生女?

孔澄愣住了。

他说,要带他们去见他女儿?

但那是不可能的啊。

秦礼和的女儿从来不曾公开露面。

但是,这个城市只要有留意新闻的人都知道,永远没可能见到她了。

不是吗?

已经死去的人,要如何跟他们见面?

Chapter 6 天使之音

巫马和孔澄坐进豪华宽敞的车厢内。

车厢内部是两排相对的黑色皮椅，即使对坐的人伸长双腿，也有足够的活动空间。

灰色西装男人坐上驾驶席发动引擎。

秦礼和按下车门上一个按钮，驾驶席和后座车厢之间升起了一块黑色玻璃屏幕。

轿车缓缓向前滑动。

秦礼和仍然眯着眼角布满皱纹的眼睛，以锐利的眼神，逡巡着巫马和孔澄的脸。

秦礼和的年纪已经超过七十岁了，稀薄的头发一片花白，脸孔像皱皮小黄瓜，手上布满老人斑，容貌显得十分衰老疲惫，只有一双眼睛，散发出炯炯的光芒。

秦礼和像习惯性般不断摆动着右手握着的象牙手杖。

"我们要去哪儿？"孔澄吞一口涎沫，犹豫地问。

"你们要见圣音，不是吗？"秦礼和以不怒而威的眼神盯视着孔澄，不徐不疾地问。

"但是，"孔澄又吞一口涎沫，"秦先生你的女儿不是已经……"

秦礼和的眼神闪动了一下。

"已经？"秦礼和微侧着头，像想把耳朵偏向孔澄的方向，听清楚她说的每一个字。

巫马迎视着秦礼和高深莫测的表情。

"如果圣音是秦先生的千金，她几个月前已经过世了。"

秦礼和朝孔澄的方向挥挥手杖。

"所以这位小姐，刚才听见我要带你们去见她，吓得脸也白了，不是吗？"

孔澄还是摸不清状况地吞着涎沫。

秦礼和是神经错乱了吗？他到底想说什么？

秦礼和挪了挪身体。

"那你们明白，如果让年轻人发现他们一直膜拜着的，是一个死者的歌声，那会造成多大的震撼和丑闻啊？"

巫马和孔澄面面相觑。

"秦小姐是、是在几个月前，被……"孔澄还是结结巴巴地说。

"羽音是在四个月前，被一个拿着利刀突然跑到街上的疯汉刺死的。"

秦礼和一脸冷静地说。

"那疯子跑到街上，在被制服前斩伤了六个人，却只有我的女儿伤重死亡。"

羽音。圣音的真正名字，是秦羽音。

"但是，唱片公司的人说，一直跟圣音有电话联络，甚至几天以前还跟她通过电话。"

"那是为了掩埋真相的烟幕。"秦礼和淡淡地说。

孔澄愈听愈困惑了。

"'圣音使徒'网站是在三个月前推出的。那是说，唱片公司在令千金去世后，却仍然将她当作新人般，在网络上大力宣传，高调播放她的单曲？"

孔澄一脸讶异。

"我在三个月前收购了那家唱片公司的大量股份。我就是那家唱片公司幕后最大的股东。"

"为什么、为什么要那样做？"孔澄又结结巴巴地问。

秦礼和把眼光转向窗外，沉默了好一阵子。

"我结过三次婚，一直膝下犹虚，羽音是我五十多岁时，才终于等到的女儿。她的母亲，我很爱的一个女人，也在生下她时难产去世。"

秦礼和莫名其妙地把话题扯远了。

"我待羽音如珠如宝，从她小时候起，她要什么我都会满足她。但是，唯独有一件事情，我无论如何无法答应。"

秦礼和顿了顿。

"羽音自小就梦想成为歌星。她五岁开始学钢琴，初中时已经喜欢作曲自弹自唱。我朋友的女儿都喜欢名牌衣服、手袋、跑车，她对那些却一点兴趣也没有，只喜欢把自己关在房间里作曲哼歌。虽然明知她喜欢作曲唱歌，我却再三跟她说，绝对不能加入演艺圈，绝对不能。"

秦礼和激动地敲了敲手杖。

"从小我就严禁她在公开场所露面，担心她会被人绑架。无论如何，我也无法答应让她抛头露面去做小歌星。我请人在家里建了最先进的录音室给她，作曲唱歌这种玩意儿，当作兴趣在家玩玩就好，怎能当真？"

孔澄开始明白了。

"然后，秦小姐遭遇意外了。"

秦礼和紧绷的脸第一次松弛下来。

那张突然塌下的脸，仿佛在瞬间又衰老了十岁。

秦礼和闭上眼睛好一会儿才再睁开。

"你们能明白我悔恨的心情吗？悔恨不已的心情。"

秦礼和紧捏着手杖。

"早知道，如果早知道她只能活十七年，我为什么不让她尽情做喜欢的事？羽音她，一定很恨我吧？她只活了短短十七年，唯一的心愿也无法达成，就那样寂寞地死去。我拥有数不清的财富，却没有让我女儿在生时快乐地度过一天。即使只有一天也好。为什么我没能实现她的愿望？"

秦礼和仰起脸，抑制着眼眶里的泪水。

"我只有她一个女儿，只有她一个。"

"所以，你决定要完成女儿的遗愿。"

孔澄渐渐明白了，不由得动容起来，眼里也不争气地蒙上薄雾。

"替一个死去的人出唱片，的确匪夷所思。不过，我和唱片公司的人也没预料到，羽音的歌，会造成那么大的轰动，那么大受欢迎。那不过是作为父亲的我，送给她最后的礼物。"

"然而圣音却奇迹地一夜成名，情况完全失控了。"孔澄喃喃说着。

"在唱片公司里，只有最高层知道圣音的真正身份，我们也达成共识，只要羽音没有新曲再发行，热潮总会慢慢消退。我很骄傲，有那么多人喜欢我女儿的歌，但也希望，让圣音的真正身份变成一个永远的谜就好。"

"但是，圣音不只受到疯狂崇拜，她的歌声，好像还联结着四个女性的被害事件啊。"

秦礼和再次把脸转向窗外。

"那些事件，绝对跟我女儿无关。她在四个月前已经去世了，怎么会跟过去三个月的杀人事件扯上关系？"

秦礼和重新紧绷着一张脸。

"我把一切事情都向你们警方最高层解释过了，他们也很理解我的处境，算是卖我一个面子，给我一个人情。但最重要的是，羽音不可能跟杀人事件有关。既然你们的上司都同意了，你们为什么还要制造麻烦？"

秦礼和闪动着光芒的眼睛瞪视着巫马和孔澄。

"我也听警局内的朋友说过了，你们并不真正隶属于警察部。你们自诩是什么冥感者，我是个实事求是的商人，不相信什么灵幻莫测的事情。"

不知是孔澄的错觉还是什么，秦礼和说最后那句话时，原本声如洪钟的音调略微沉下去。

"我想你们也是明白事理的年轻人，我秦礼和亲自来见你们，已经很给你们面子了。就当是一个父亲的请求，请你们明白我的心情，不要让圣音的真正身份曝光。羽音虽然只活了十七年，但她终于偿还了心愿。只要真相不曝光，她永远会是网络上令人怀念的传奇。我想让一切这样结束就好。你们能答应我，不再制造麻烦吗？"

"但是，你女儿曾经呼唤我。"孔澄情急地前倾身体，"秦先生，虽然你说你不相信什么灵幻的事，但我真的感应到你女儿的呼唤。如果她是幽灵的话，她一定还有未了的心事，才会徘徊不去。我看见的她，表情很悲伤，很寒冷地瑟缩着身体，浑身湿答答的好可怜。"

是孔澄的错觉吗？秦礼和最初只是以匪夷所思的表情看着她，但当她提到"浑身湿答答"时，秦礼和的脸色好像骤然变白了。

秦礼和深深地看了看孔澄的脸，好一会儿，终于恢复泰然自若的神色。

"我要说的都已经说完了。我活了七十多年，我想每个人会对一件事锲而不舍的原因，都是因为战胜不了好奇心。你们要解开圣音的谜，我已经为你们解开了。请你们再不要紧咬着我们不放。如果你们的目的是钱的话，我不会吝啬，你们只要跟我秘书联络，钱就会汇入你们户头。"

"秦先生，我想你误会了，我们的目的不是向你勒索。"巫马沉缓地说。

"那么，我已经把话都说清楚了。事实上，如果还是存心跟我过不去的话，你们会变得很麻烦的。"

秦礼和仍然以平静的语调，说出暗藏刀锋的话。

"就这样了。我想我们不会再见面。阿黄，请你送巫马先生和孔小姐去他们要去的地方。"

孔澄这才发现，轿车不知什么时候已经停在一个如植物园般广大的庭院里。

司机打开车门，秦礼和没有再看巫马和孔澄一眼，便走下车厢，走进一幢黑色大理石建成的五层摩登建筑内。

这儿就是秦宅吗？

孔澄按下车窗，好奇地探出头环视四周。

在阳光下，恍如海豹毛皮般油润发光的黑色大理石建筑，如一头怪兽般，突兀地屹立在绿色庭院深处。

庭院中的绿色树林被风吹动着，叶片摇曳发出干燥的沙沙声。

孔澄脸上，却完全感觉不到有风拂过脸庞。

明明一丝风也没有呀。

只有暑热的太阳气息。

孔澄甩甩头。

视觉中，庭院中每一棵树，成千上万的叶片，还是不断地颤动着。

这些植物……在颤抖……

庭院里的植物，都在害怕得颤抖着啊。

孔澄感到浑身汗毛直竖。

孔澄的身体抖了抖，反射性地抱着臂弯。

"请问你们想上哪儿去？"

司机坐回驾驶席，按下间隔着驾驶席和后车厢的隔音玻璃，回过头来问。

"对不起，我想抽根烟。"

巫马没等司机回答，便径自打开车门走下车，悠哉地从裤袋里掏出香烟，慢动作地点燃。

"巫马，这里、这地方，有什么令人毛骨悚然的东西。那些植物，全部都在害怕得颤抖着啊。"

孔澄紧随巫马走下车厢，胆小地左顾右盼，压低声音在巫马耳畔说。

巫马朝孔澄使了个眼色，示意孔澄看看黑色大理石建筑外广阔的停车坪。

停车坪里，停泊着一辆枣红色古董劳斯莱斯，一辆金色奔驰与一辆白色日本房车。

巫马的眼光默默盯视着停车坪地面。

"怎么了？"

孔澄完全不明白巫马在看什么。停车坪和庭院上没有种植树木的地面，一律整齐地铺着大方块格子水泥地砖。

"杂草。"巫马细声说。

"欸？"

孔澄再凝神细看。

对啊，庭院地面方格子水泥地砖的缝隙间都长了杂草，只有停车坪的其中一部分，水泥地砖之间一根杂草也没有。

"停车坪地面的其中一部分，最近重新铺设过吧？"巫马低声说。

125

"那是什么意思？"

巫马抬头，用下巴示意大树摇摆的方向。

孔澄不断眨着眼睛。

这些树那么激烈地颤抖着的"身影"，是只有她和巫马看得见的奇异感应吗？

孔澄这才发现，如巫马所言，所有大树瑟缩摇摆的身影，都指向停车坪的方向。

"那下面，藏着什么可怕的东西。"巫马不动声色地说。

巫马和孔澄坐回豪华轿车上，轿车朝孔澄的公寓驶去。

驾驶席和后车厢的隔音玻璃放下来以后，巫马和孔澄可以听到汽车音响放出的音乐。

是圣音的歌曲。

"mi do / do re do si / si do si la / la si do re / re sol fa mi……"

圣音轻声细语地柔柔咏唱着美丽的旋律。

无比清灵、无比温柔、无比恬静的歌声。

巫马和孔澄同时愣住了。

"对不起，请问，可不可以把音量调高一点？"孔澄向前倾身体向司机说。

"是小姐的歌。老爷现在每天只准我放这首歌，多好听也会腻呀。"

司机喃喃说道，但还是把音量调高了。

巫马和孔澄闭上眼睛，默默听着那温柔的嗓音。

跟在网络上听起来，感觉完全不一样。

"司机先生，这是羽音小姐另一个版本的录音吗？跟网络上听的不一样啊。"孔澄问。

司机有点愕然地回过头来瞄了他们一眼。

"小姐只留下一卷录音带啊，连歌词也未填好，只留下了哼唱音调的一卷 demo，怎么了？"

巫马和孔澄不约而同地倒吸一口气。

网络上的歌声，同样清澄透明，然而，完全不是这种温柔恬静的感觉。

那是注满哀伤，滴落哀愁，令人流泪，充满魔性的歌声。

到底是怎么回事？

寒意不禁爬上孔澄的脊梁。

全身起了鸡皮疙瘩。

EVP（Electronic Voice Phenomenon）[1] 不是空穴来风吗？

幽灵的声音，真的能通过大气电波传播吗？

传闻中，发明家爱迪生逝世前最后一个未完成的研究计划，就是"灵异收音机"。

爱迪生相信，只要找到适当的调频，便能接收到去世之人的声音。

孔澄恐惧得瑟缩着身体。

每一分，每一刻，人们在网络上下载到的圣音歌曲，并不是她去世前的录音？

---

[1] 超自然电子现象。

　　那是现在的圣音，通过大气电波，不断在悲伤地歌唱着。

　　网络上传送出来的噪音，听起来让人那么悲伤，让人不禁落泪，渗透着宛如不属于人世间的魔性，是因为 —— 那确实是幽灵之声。

　　那声音，到底在呼唤着谁？

Chapter 7　冰蓝孤岛

"我们这样潜进去，没问题吗？"

孔澄嗫嚅着拉了拉巫马的牛仔裤管。双手已结实地抓着秦宅红砖围墙顶的巫马，半悬在空中回过头来，翻翻白眼。

"我把干扰感应器放好了。"

巫马朝黑色铝铬大闸内侧的白色小盒子努努下巴。

"孔小澄你不坏事的话，神不知，鬼不觉。"

子夜三点稍过，山上夜阑人静，只有远处传来几声犬吠。

幸好，秦宅似乎没有饲养恶犬。至少红砖围墙内的庭院范围没有。

厚厚的云层遮盖着月亮，夜色一片深沉。

巫马敏捷地翻过砖墙，朝孔澄伸出手。

孔澄的低烧还未完全消退，手脚发软，加上本来运动神经就不发达，好不容易才抓着巫马的手，朝砖墙另一边连滚带爬地栽下去。

"嘘。"巫马摇摇头叹气，"像头笨小熊。"

孔澄朝巫马瞪瞪眼。

亏他还有心情开玩笑。孔澄没好气地想，她早已紧张得心脏快要从胸腔间蹦跳出来了。

庭院内树林枝丫和叶片，在夜色中簌簌颤动着。

在幽静的深夜里听来，叶片发出沙沙的摩擦声，好像呜咽的哭音。

然而，夜空中明明一丝风也没有。

巫马率先朝停车坪走去，从黑色背囊里拿出一管伸缩型的银色棒棒，按亮一个荧光绿色按钮，在停车坪地面上滑动着。

"这像吸尘器的东西是干吗的？"

巫马摇了摇头没有答话，一脸专注地看着银色棒棒。

银色棒棒滑过没有杂草生长的水泥地砖块时，灯变成了红色。

"这下面果然是空心的。地窖就在这儿下方。"

巫马边把银色棒棒收回背囊内边说。

"把地窖建在屋外面，有点奇怪吧？"

"那要看这似乎建成不久的地窖里藏着什么。"巫马沉吟着，"女儿刚刚去世，如果在宅第内忽然大兴土木装修，会很惹人注目吧？如果是庭院的话，反正每年都要修葺，顺便翻新停车坪也比较顺理成章。"

"但是这上面全停放着车，不像有入口呀。"

巫马和孔澄分头蹲在地上，摸摸每块没有长杂草的地砖。每一块都稳如磐石，完全没有可搬动的迹象。

巫马绕行了停车坪一遍，仔细抚摸过水泥天花板和墙壁上每一分每一寸，也毫无破绽。

"机关到底在哪儿？"

孔澄有点泄气地嘟囔，和巫马杵在那儿，进退两难。

时间一分一秒流过，孔澄的心也鼓动得愈来愈厉害。

"至少确定这儿下面有地窖了，要撤退回去再想办法吗？"孔澄细声问。

巫马的眼睛突然眯成一线，凝视着枣红色古董劳斯莱斯轿车。

"这辆车，有点不对劲。"巫马喃喃地说。

"你是说车子没有车轮？是在维修吧？"

巫马用手摸摸后脖，说："问题是，秦礼和一点也不像是会收藏这类东西的人。"

"秦礼和的确不像会坐这么张扬的车子上街。但所谓古董收藏，不就是放着没用的东西嘛。"

巫马的目光闪了闪。

"是古董收藏的话，就不会随便被移动，仆人也不敢随便乱碰吧？"

巫马从背包里掏出一根细细的银丝线，插进劳斯莱斯车门的匙孔内，不消三十秒，就把车门打开了。

两人探头进了劳斯莱斯的厢座内，巫马扭亮微型电筒。

"没有什么奇怪的地方呀，不就是一排座椅嘛。"

孔澄嘟起腮帮。巫马弯下腰去，注视着车子底部地毯边缘微微向上翘起的位置。

巫马一把掀起车底的地毯。

孔澄倒吸一口气。

车底被挖出了一个平整的方形大窟窿。

巫马把微型电筒照向窟窿，可以看见一道长长向下延伸的台阶。

Bingo①，怪不得车轮被拆除了。

———————————

① 猜对了。

古董劳斯莱斯轿车的底部，是通向某个神秘地底世界的入口。

巫马和孔澄蹑手蹑脚地爬下像是胶质素材制成的阶梯。

每踏一级，那一级阶梯的灿白灯管便亮起来。

两人一直一直往下走。

阶梯呈四十五度倾斜，两人没有细数，但似乎已走了超过一百级。

依行进的方向估计，两人现在应该已经深入秦宅黑色大理石建筑内部的地下了。

每往下走一步，便仿佛有阵阵阴气迎面吹来。

肌肤的触感冷冰冰的。

"这下面好冷哟。"孔澄嘴里开始吐着白气。

温度仍在不断地下降，简直好像一头栽进了因纽特人的洞穴里。

"冷死了。"孔澄直打哆嗦。

除了发光的阶梯以外，四周还是黑漆漆的，但那黑暗仿佛是动物皮毛般闪着油光。

跟外面的建筑一样，这儿的墙壁也是黑色大理石砌成的吧？孔澄在心里暗忖。

终于踏下最后一级发光阶梯。

已经走下了约二百级阶梯吧？孔澄在心里想，眼里突然刺进了一团亮光。

巫马和孔澄眯起眼睛停住脚步。

过了几秒钟，眼睛才渐渐适应突然进入视网膜内的亮光，看得清周遭的环境。

地窖最深处，是一个圆环形状的洞穴，面积不大，约五百平方英尺（约四十六平方米）。

黑色大理石壁光滑的表面反射着幽深的光芒。

而在圆环形洞穴的最中央，是悬浮在半空的蓝白色光晕。

不，眼睛稍微适应以后，巫马和孔澄才发现那是错觉。

由于洞穴的天花板、墙壁和地板都以黑色大理石砌成，刹那间，令人以为放置在中央地面上的东西，是一团悬浮的光晕。

实际上，那是一块巨大的透明冰块。

不，零下的气温，令洞穴内像冷藏库般萦绕着袅袅白雾，影响了视野的清晰度。

拨开眼前冰冷的白色迷雾，定下神来再三仔细看清楚，巫马和孔澄才发现那看似冰块的东西，也并不是冰块。

约六英尺[①] 长、三英尺宽、两英尺高，呈立体梯形的窄长形状，周边每一寸都经过细心打磨雕琢。

是一副冰棺材。

宛如一块巨大冰块的透明冰棺材，静静躺卧在黑暗的最中央。

"这个……"

孔澄颤动着冷得发紫的嘴唇，凝视在"视界"中曾看见过

① 1 英尺 ≈ 0.3 米。

的冰棺材。

那坠落蓝色深海的冰棺材。

孔澄想起自己被困在里面，拼命敲打着冰壁的惊怖模样，又不禁打了个寒战。

"这是干吗？"

孔澄怯怯地走近那空空如也的冰棺材。

是的，冰棺材里并没有躺着谁。

它，好像在等待着真正的主人。

巫马也要片刻以后才从惊讶中恢复过来。

"是秦礼和为圣音准备的吧？"

巫马抱着胳臂沉吟着。

135

"如果他在女儿去世后，立即把她摆放进冷藏库里保存，再移放进这个冰棺材的话，尸体外表和器官也能完美地保存下来，永远不会腐朽。"

"但是，为了什么？"孔澄嗫嚅着问。

巫马叹口气。

"是执迷吧？无可救药的执迷。"

孔澄茫然地看向巫马沉郁的脸。

"外国已经有类似这样的先进设备了，利用人体冷冻技术，将遗体冰封，永远保存，期待医疗科技有突破性发展时，能令死者起死回生。当然，那是超级富豪才可负担的科幻之梦。"

孔澄露出一脸不可思议的表情。

"把身体冰封，等待起死回生？"

巫马摊摊手。

"埃及法老的木乃伊之谜，说不定也是这样。人类在数千年前和数千年后，同样做着相同的愚蠢事情，执迷于没有意义的肉身。"

违反自然定理，令人毛骨悚然的痴迷举动，难怪会让植物发出悲鸣般的嘶喊。

"秦礼和想让圣音的肉体永远保持美丽，等待科学发展到可让她起死回生？"

是出自父亲对女儿的爱吧？那也是一种执迷的感情吧。

"问题是，圣音的遗体现在到哪里去了？"

孔澄呆呆地抬起眼睛。巫马仍然抱着胳臂蹙着眉。

"孔小澄，如果要你躺进去尝试进行感应，你会很害怕吗？"巫马有点犹豫地问。

"嘎？"孔澄的声音走了调，连连摇手，"我绝对、绝对不要躺进去。那样的话，我的预感不是成真了吗？我会回不来的。"

孔澄害怕得不断眨着眼睛。巫马用指尖弹弹孔澄的额头。

"我会守在这儿呀。"

孔澄轻轻咬着唇。

"但是……"

"就让我们破除你那个诡异的预感吧。我绝对不会让任何不好的事情发生在你身上的。你相信我吗？"

保护你到最后。

孔澄想起巫马曾经说过的话。

那是不幸的预言啊。

但孔澄看着巫马的眼睛，心情渐渐安定下来。

是哦，有巫马在，我害怕什么呢？

那个讨厌的预感，是预示我将会躺进可怕的冰棺材里进行感应吧？

因为我胆小如鼠，所以，预感里的我，才会像要被杀死般难看地挣扎着。

一定是那样。

预感的意思是，答案就在冰棺材里呀。

一定只是那样。

"明白了。有巫马在的话，一定没问题的。"

孔澄像安抚自己般猛点头，深吸一口气，推开冰棺材的盖子。

冰冷得让人肌肤麻痹的触感。

恍如浮在黑暗中的冰蓝孤岛。

巫马扶着孔澄的手，孔澄犹犹豫豫地把双脚跨进冰棺材里。

"心无杂念，集中念力，试试看到了什么？"

孔澄慢慢把身体躺进那冰冷的"小岛"里。

"好冷喔。"

孔澄又一骨碌地翻身坐起来。

"孔、小、澄。"

"巫马，"孔澄眨着眼睛，"喂，巫马聪，你小时候有没有看过童话故事的？"

"嘎？"

"至少听过睡美人的故事吧？"

"那又怎样？"

巫马扬扬眉，吃吃地笑起来。

"孔小澄担心会一睡不醒吗？可惜孔小澄不是美人，我也不是王子殿下。"

巫马还是一脸没正经。孔澄泄气地撇撇嘴巴。

"巫、马、聪。"

巫马看着孔澄的眼睛，"嗯？"

"你最可恨的了。"

"我知道呀。"

孔澄气愤地闭上眼睛，故意僵直身体像可怖的僵尸般躺进冰棺材内，一颗心其实怦怦乱跳不停。

"我要关上了哦。"

巫马以轻松平常的语气说道，像离家前说要关门似的一脸毫不在乎。

气死人了。孔澄气呼呼地想。

为什么每次都是由我干这种倒霉差事？巫马总是抱起胳臂指挥指挥就完成任务？

当师傅真好哦。

自己也收个青靓白净的小男生做徒弟吧。

像妻夫木聪的小徒弟。唔，冈田准一也不错。

"孔小澄，集中心念，不要胡思乱想了。"巫马说道。

"嘎？"

孔澄蓦地张开眼睛，愕然地张着嘴。难道巫马又"听"到她的脑电波了吗？

"我真的要关上了哦。拜拜。"

"哪，其实，不把盖子关上也没关系啦，用不着做得那么彻底吧？"

孔澄又想退缩，彷徨地呼喊。

"因为你不会集中心念呀。孔小澄，好好睡一觉吧。"

巫马竟然跟孔澄挤挤眼睛，二话不说地推上盖子。

孔澄看着透明冰盖滑上。

"巫马。"

不知为什么，孔澄心里突然急得想哭出来。

仿佛，再也见不到巫马了。

这也是预感吗？

巫马的轮廓，像浮在水影之上般变得模糊不清。

在冰棺材的旁边，巫马脸色凝重地抱起胳臂，静静凝视着冰块下，身影也变得模糊不清的孔澄。

孔澄吐一口气，无可奈何地缓缓闭上眼睛。

不会有事的。

我们现在在地底哦。又不是在深海。

预视中的那个我，是被遗弃在深海里的。

所以，不会有事。没有事的。

巫马就在身畔。

但是，真的好冷。

好冷好冷。

孔澄脑海里，蓦地又流过圣音坐在逗子别墅的窗台上，寒冷得瑟缩着身体，浑身滴落水珠的悲伤模样。

孔澄不觉渐渐集中起心念。

圣音，你是因为被困在这黑暗的冰世界里而悲伤吗？

你是想离开，却被爸爸的爱念留下来而被囚困了吗？

你为什么还通过大气电波传送着你的歌声？

康怀华和那三个女孩遇害的事件，与你到底有什么关联？

为什么她们的嘴里，被放进魔女的爱情咒语冰块？

圣音，现在，你在哪儿？

你流浪到哪儿去了？

一瞬间，孔澄感觉到自己的身体变得轻飘飘起来。

自己的身体，像一缕烟般，穿透冰棺材的冰盖子，浮游于黑色洞穴的半空中。

巫马不见了。

只有她飘浮在这个漆黑的洞穴里。

不，还有谁……还有谁在这儿。

飘浮在黑色大理石天花板上的孔澄，低下头注视着像悬浮在黑暗中的冰蓝孤岛。

冰蓝的孤独小岛里，圣音静静地安躺着。

披着天使般的白色长袍，交叠的双手放在胸前，手心里放着一朵酒红色玫瑰。

白得近乎透明的肌肤、玫瑰粉红的双颊、额前垂着黑油油的刘海、紧闭着的双眸、如蝴蝶翅膀般美丽的长睫毛，薄薄的嘴唇微向上弯，露出像熟睡了的安详表情。

好像，真的只是熟睡了。

只要轻轻一唤，就会悠悠醒转，眨动着眼睛，睁开迷蒙的眼眸，然后，嫣然一笑。

冰棺材旁边，出现了一个身材修长的青年的背影。

青年弯下身，伸出手轻轻抚摸着圣音的脸颊。

爱怜地，小心翼翼地，宝贵珍重地。

一滴泪水滴落在圣音安详地交抱着的手上。

一滴又一滴的泪水。

滴。滴。滴。滴。滴。滴。

是谁?

是谁像小孩子般，抚着圣音伤心地哭泣着?

是谁?

青年抬起脸来。

悲伤苍白的侧脸。

孔澄感到心脏像被人用重重的锤子猛然敲打着。

轻飘飘的身体，骤然变得沉重无比。

孔澄四脚朝天地朝冰蓝小岛直摔了下去。

孔澄骤然从冰棺材里睁开眼睛，心脏还在咚咚地鼓动，慌乱地敲打着头上的冰壁。

巫马拉开冰盖，孔澄如遇溺的人潜浮上水面般猛然坐起来，抓着巫马的手。

"是阿洁。"孔澄像无法置信地眨着眼眸，"是阿洁啊。"

孔澄还坐在冰棺材里，紧拉着巫马的手。

两人的手紧缠在一起的一瞬，包围着他们的圆环形黑色大理石壁，突然闪动出如梦似幻的影像。

如电影镜头般，播映着七彩的光影。

感应还没有完结。

圣音曾被禁锁在这儿的灵魂，释放出的记忆潜影，烙印在这幽深洞穴的墙壁间。

那个下着雨的美丽黄昏。

一对漂亮的年轻人，在渗透着雨水味道的宁静咖啡馆里，遇上了彼此。

说不完的话题。

无法从彼此脸上移开的目光。

时间像眨眼间在指缝间流逝的魔术时刻。

命运的邂逅。

一瞬的永远。

在那彩霞满天的黄昏街头，女孩低着头，有点悲伤地在人行道上走着，心里想着，那个男孩，为什么不追上来呢?

为什么不问我电话号码呢?

今后，再也见不到了吗?

才刚开始，就要结束了吗?

男孩的脚步声踏过水洼。

女孩停住脚步，有点难以置信地回过头去。

男孩喘着气，以热切的眼神注视着她。

女孩脸上泛起了红晕，情不自禁地，泛起从心而发的微笑。

渗染着恋爱辉彩，令人眩目的美丽微笑。

然而，就在下一瞬，一个手里拿着利刀的男人，从街角跑出来。

143

时间静止了。

女孩脸上美丽的微笑，永远凝结了。

不断滴落的鲜血，将那静止的微笑，染成蔷薇色调。

"是阿洁。"

孔澄浑身无力地呆坐在冰棺材里。

"阿洁他，杀死了那些女孩来当试验品吧。他想让圣音死而复生，因为他自己，曾经在那片奇迹之海死而复活了，他想让奇迹再现。他……"

巫马的脸蒙上了阴霾。

"他弄错了，他完全误会了。"

"巫马?"

"那的确是一片奇迹之海，但并不是令人死而复活的海。"

巫马闭上眼睛叹口气。

"那些人，只是穿越了时间的裂缝。"

Chapter 8　死后之恋

巫马和孔澄坐在客机机舱内。

抵达东京前的飞行时间还有两个小时。

孔澄在飞机起飞后不久，便开始呕吐起来，在座位与洗手间之间来来回回地跑。

"好些了吗？"

孔澄虚弱地从洗手间半爬半走地出来。巫马向空姐替她要了块冰毛巾。孔澄坐下来，用冰毛巾敷着脸。

"我从未试过晕飞机的哦。"

孔澄一脸纳闷。

事实上，这天早上起来量量体温，竟然发着四十度高烧。

好像因为感应完成，身心一放松，身体又开始抗议。

"说先带你去看医生，你又逞强。"

巫马皱皱眉。

"我几年没看过医生了。平时都是吃颗退烧丸，多喝几杯水就会好起来。"

孔澄把整块冰毛巾敷在脸上，毫无仪态地大力吐着气。

粉彩蓝印花 T 恤上是以黑笔勾画的米奇老鼠剪影。随着孔澄的胸膛起伏，米老鼠嘴巴也好像在吐着气。

巫马好玩地用手指弹弹她的膝盖。

"真稀奇，孔小澄今天竟然穿牛仔短裤。"

"哇，痛哦。"

孔澄拉下毛巾，朝巫马干瞪眼。

"我以前就很想说了，巫马聪你是不是有虐待狂的倾向喔？"

"呵。"巫马把头靠在椅背上，"只是因为孔小澄生气的样子很逗趣。"

孔澄气鼓鼓地揉着膝盖。

"真的很痛耶。"

巫马挤起眼睛，认真地瞄了她的膝盖一眼。

"那不是我的杰作吧？你的膝盖怎么红通通的？"

孔澄还是不断搓揉着膝盖。

"不知怎么搞的，只是那次被伞骨扎了一下，都好几天了，还是像被小针扎着般发痛。"

星野洁的雨伞。

"总而言之，就是休息不够吧？还有两个小时，好好睡一觉。"

巫马扳过身体，替孔澄揿下按钮，把垂直的座椅放下。孔澄却又把座位按回原位。

"好好睡一会儿吧。"

"我不想睡。"

虽然很疲倦，但不知为什么，孔澄就是不想睡。

那时候，孔澄还没有发现，自己是不敢睡。

心里某一隅，隐约觉得，好像只要一睡下来，就会跌进某个黑暗的世界。

"巫马，你说小池道夫、星野凉、星野洁和柳叶早苗死而复活的海，并没有传说中让人起死回生的水中花。为什么？"

孔澄一脸纳闷地问道。巫马揉了揉太阳穴。

"如果只是一朵会令人起死回生的妖异水中花，那就说不通为什么小池道夫返老还童，柳叶早苗却一夜白发。而且，他们每个人身体上，都出现了突变。能吻合所有状况的现象，据我猜想，他们是曾经跌进时间的裂缝里，也就是，四次元空间。"

"四次元空间？"

巫马翻翻白眼。

"听说过次元吧？这是以数学来表示世界的名词：一次元是线的世界；二次元是面的世界；三次元是立体世界，就是我们存活着的空间。而四次元，就是加上时间的世界。"

孔澄睁圆了一双大眼睛。

"跌进过四次元空间回来的人，能死而复活吗？"

"这我就不知道了。我只知道，堕进四次元空间似乎会令人体产生突变。你听过'费城实验'吗？"

"费城实验？"

"这是第二次世界大战时，美国海军曾经进行的绝密实验。这项军方机密在一九五五年被泄露时，曾经轰动一时。"

"没有听过哦。"

巫马一脸没好气，正想举起手指弹孔澄的额头，但看见她发热而变得红通通的脸，还是勉强忍住了。

"第二次世界大战如火如荼时，各个国家都争相研发新武器，美国顶尖科学家们提出了一项惊人计划，就是将军舰透明化。"

"透明军舰？怎会有如此匪夷所思的想法？即使六十多年后的今天，也没有那样的船只呀。"

"所谓将军舰透明化，其实就是让军舰产生强力磁场，避开雷达波。只要敌军的雷达仪侦察不到军舰所在，军舰便等同于透明了。"

"哦，这我明白了，听起来也不是很难呀。"

"从某个角度来看，当年费城实验甚至可以说是成功了。只是，因为发生了太可怕的事情，所以，实验被迫中止和永久放弃了。"

"什么可怕事情？"

"实验于一九四三年八月十二日，在费城的海军工厂进行，实验舰只是一千九百吨的驱逐舰'亚德列克号'。被人造电磁波包围的舰只，转瞬在雷达上消失了。"

"那实验不是成功了吗？"

孔澄兴奋得挺直了身体。巫马却眉心紧锁。

"然而，舰只不只在雷达上消失，在现实的海域中也消失了。"

孔澄吃惊得张大嘴，"欸？"

"那艘巨型军舰，一瞬间就在众目睽睽下消失了，直至四小时后才在原点重现。科学家相信，强力的电磁场，扭曲了周边的时空，让舰只掉进了四次元空间。虽然舰上的船员都以为只经历了几分钟，但实际上，他们消失了整整四小时，相信是被吸进了四次元空间，在时空中漂流。"

149

"但总而言之，船员和舰只都回来了啊，那不就好了吗？"

"才不好。最初科学家只估计舰只会在雷达的探测仪上消失，没料想过实物会在他们面前瞬间消失啊。这是牵连着船员在内的人体实验，这样的结果未免太可怕了。事实上，参加过那个实验的船员，其中十六个人回来后身体——出现突变。虽然无法找出证明，但科学家们无法不认为这些人的身体，是因为跌进过四次元空间而产生了变异。"

"所以，你怀疑小池道夫他们，全是失足跌进了四次元空间再回来，所以身体产生了突变？但是，为什么他们对那段经历全无记忆？"

"科学家研究相信，四次元空间与人类世界不是同一个时间体系。进入另一套时间体系里，时间可正转、逆转，亦可以静止。当四次元空间处于静止的时间状态，无论失踪的人失踪了一天也好，十年、一百年也好，回来时，对失踪者而言，这段时间都等于零，只有一片空白。"

"那么，那片海，是唯一进入四次元空间的入口吗？"

巫马沉吟着摇头。

"个人以至整支军队、飞机、船只突然消失又或突然返回的事件，自古以来，在世界各地都曾经发生过无数次。在某些海域或天空中，不可思议地消失或重返的事件，出现次数特别频繁。可能是某些地方拥有特别强的磁场作用，我相信湘南海岸附近那片海域也是吧。"

"但是在湘南海岸失踪又返回的四个人，都不约而同地说他们看见过发光的花朵呀。"

"这是我唯一还想不通的地方。"

巫马摊摊手。

"总而言之，虽然我相信他们进入过四次元空间，但那是无法获得确认的。即便我们是冥感者，那也是早已超出我们能力范围的事情了。那是属于宇宙最终的奥秘。所以，很遗憾，我们没有办法帮助柳叶早苗。而最可惜的是，阿洁竟然为了一个虚无缥缈的传说，让那么多无辜的女孩受害。我想，那片海里，从来就没有能让人死而复活的水中花。"

"可惜？巫马，你和阿凉都太感情用事了。星野洁是冷血的杀人凶手啊。他杀死了四个无辜的女孩，康怀华她……"

虽然说过不会再哭，但只要想起或提到康怀华，孔澄的鼻头还是酸酸的。

到现在，她还是不明白，为什么康怀华会被选中？

"你们还想先试试劝他自首？"孔澄闷闷地问，"他真的不会逃走吗？"

巫马沉默了一下。

"阿凉跟我保证了。星野洁始终是他唯一的弟弟。"巫马叹口气，"而且，我们手上，并没有任何物理性的证据。"

"我无法原谅星野洁。"孔澄垂下眼睛，"即使他是为了救回心爱的人，但他已经疯了。"

为什么会为一个只认识了一个下午的女孩，痴迷到那种程度呢？

甚至不惜牺牲一切。牺牲自己和不相关的人。

那不是疯了吗？

"爱情，无论得到或失去，都是完全的付出和完全的孤独吧。阿洁还年轻，他无法明白。"

爱是完全的付出和完全的孤独？

巫马又说着她无法明白的话了。

孔澄茫然地眨着眼睛。

"那你找阿凉搜寻旧日新闻，又是为了什么？"

"四次元空间的谜，我从很久以前就很感兴趣了。我从来不曾怀疑它的存在，但对于科学家的说法，就是四次元空间的门是偶尔打开、偶尔关闭这一点，我有所保留。宇宙有它一定的运行规律。那道门被打开的瞬间，一定藏着某种玄机。我以前已搜集了不少世界各地发生不可思议消失或返回事件时间带内的当地新闻，收到阿凉的新闻传真时，再次印证了我的想法，我得出了一个大胆的结论。"

巫马一直滔滔不绝地说着，正洋洋得意地想将他苦心研究的结论第一次公之于世时，却发现孔澄呼呼睡着了。

"我正要发表最精彩的部分，竟然睡着了啊。"

巫马看看孔澄微张着嘴的睡相，微笑了一下，替她盖上毛毯。

在逗子的别墅里，星野洁愣愣地坐在沙发上，抬起布满红丝的细长眼睛，看着昏睡在餐桌上的星野凉。

到最后，哥哥竟然还是对我一点戒心也没有。星野洁愧疚地想，在心里喃喃念诵着：

对不起，老哥，对不起。

你只要睡一阵子就好。

很快，一切就要结束了。

你说的一切我都明白。

当我杀掉第一个女孩的时候，我已经有堕入地狱的觉悟了。

但我从来没有想过事情会变成这样的。

一切都失控了。

星野洁垂下头，把脸埋在掌心里，不断搓揉着双眼。

无论怎么搓揉，他也无法在心眼里，抹去圣音的脸。

那个黄昏，圣音倒在他怀里，那凝结着微笑的脸。

她，就是他一直等待的人。

从看见她那一瞬，就知道是她。

世界上，唯一的她。

神怎么可以那么残忍？怎么可以把你等了二十六年，最珍贵的东西，在你眼前晃一晃，然后，冷酷地带走？

有那样冷眼看世人的神吗？

如果有的话，那我情愿变成魔鬼。

万劫不复的魔鬼。

只要她回来，只要她再跟我微笑，再跟我说话，我可以把灵魂出卖给魔鬼。

到底是自己这一双手，还是命运，将他推向堕落地狱的深

153

渊？到现在，星野洁还是不明白。

最初，他不过是想再见她一面，所以，在医院里，他跪在地上，哀求秦礼和。

他不想就那样失去她。

秦礼和对他不屑一顾。

他也和其他人一样，把他看成疯子。

只认识了一个下午的女孩，未曾牵手，未曾接吻，未曾拥抱，能有多刻骨铭心？

但是，时间真的等同于爱情吗？

那一瞬间，就是永远。

当他们在街头互相凝视的那一瞬间，就是永远。

对他和她来说，都是永远。

但是，秦礼和连圣音的最后一面也不让他或其他人看见。

他为女儿举行了低调的葬礼。

于是，他唯有那样做。

他唯有，挖掘她的坟墓。

他只想再一次把她拥在怀里。

然而，那坟墓，却是空空的。

什么也没有。

然后，网络上出现了"圣音使徒"网站，那是圣音那一天乐谱上的曲韵，是他曾轻轻哼起的曲韵。

那一刻，他终于明白了。

他终于明白了，秦礼和那冷漠的背影里埋藏着的秘密。

秦礼和和他一样。

他仍然舍不得放手。

于是，他默默地，锲而不舍、风雨不改地守在秦礼和家门前与办公室大楼下。

秦家大兴土木修葺庭院和停车坪，他把一切看在眼里。

一个月后，秦礼和终于从大宅里出来见他。

秦礼和仿佛不甘愿，又仿佛松一口气似的，与他分享了那冰之世界的秘密。

是因为他的威胁勒索？是因为他知道空心坟墓和"圣音使徒"网站的秘密？

是因为秦礼和一个人拥抱着秘密太痛苦？

还是因为他们在彼此的眼眸里，看见了自己？看见了，不相信这一切就此结束，自己的另一个分身。

从那以后，他度过了最幸福美好的时光。

每一天，他都跟沉睡在那冰蓝小岛里的圣音，牵着手，说着话。

他告诉她从看见她第一刻开始，他就想告诉她的一切。

他们的过去、现在与未来。

是的。他们拥有过去、现在与未来。

他的过去，一直是为了等待她。

他们拥有甜美的现在。

每一刻，他都可以抚摸着她的肌肤，跟她诉说还未来得及说的每一句话。

坐在那冰蓝的小岛上，他可以看见，可以听见，圣音眨着眼睛，笑着回应他的每一句话。

他真的看得见和听得见。

在那冰蓝的世界里，他们延续着那个黄昏。

时间从来没有停止。

他们手牵手，开始了真正的恋爱。

日子一天一天地流过，只要伴在圣音身旁，他整颗心都溢满了幸福。

那就是恋爱。

他心满意足。

纵使是一场死后之恋。却是最美丽的爱恋。

他们每一分、每一刻，心和身，都紧贴在一起。

他在那冰蓝小岛上，紧紧拥抱过她。

他能感觉到她肌肤的暖意。

真的感受到。

她，像小鸟依人般，躺在他怀里。

她脸上，散发着恋爱女孩独有的辉彩。

如果只是那样，一直一直，互相拥抱着就好。

但是，为什么他竟然变得贪心了？

他想得到更多更多。

他想起了那片奇迹之海。

那片海。

传说中，能让人死而复活的水中花。

他自己不就曾经遇溺，两年后从大海回来吗？

小池道夫也是。

哥哥星野凉也是。

"带圣音到那片大海去吧。去找寻爱的奇迹吧。"

那在他耳边低唤的，到底是神，还是魔鬼的声音？

他跪在秦礼和跟前，哀求他把圣音交给他。

秦礼和最初完全没有答应他的意思。

他在等待科学的奇迹，他在等待医学进步，有一天，能让他心爱的女儿起死回生。

然而，秦礼和还是动摇了。

他找人去调查过星野洁说的事情。

他，的确曾从大海消失，然后若无其事地回来。

不只是他，还有患上癌症却不药而愈的人。

传说中，能起死回生的水中花。

绝望的人，就会绝望地抓着任何浮木。

秦礼和终于颔首。

他和圣音，坐上了秦礼和的私人飞机。

原本，他已抱有觉悟，拥抱着圣音，一起沉入那片大海里。

等待，或许会出现，或许不会再出现的奇迹。

然而那个晚上，在月光下，当他拥抱着圣音，一起踏进那片冰凉的海水中时，他却畏缩了。

他并不害怕死亡。

但是，这是圣音最后的希望。

她的歌曲在网络上大受欢迎。

她成为音乐女神。

她只有十七岁，才华横溢。她，应该拥有美丽无尽的岁月。

于是，他畏缩了。

"那些崇拜圣音的女孩，一定愿意为她牺牲吧。"

再次在他耳畔低语的，到底是再次来拯救他的神，还是魔鬼？

在香港失踪的女孩。

在日本漂浮的尸体。

没有人可能把两者联系起来的。

那是天衣无缝的计划。

即使失败了，那也会成为永远的谜。

他在网站留言板上，找到那些女孩的联络方式，跟她们约会。

圣音的歌声，不知为什么，传递着悲伤的魔力。沉迷圣音歌声的女孩，都是心灵空虚失落，迷失了方向的女孩。

一切轻而易举。

在她们家中，他跟她们一起制作圣音网站上流传的魔女爱情咒语冰块。

那是他在"圣音使徒"网站上张贴的。为了纪念他和圣音，在那魔女咖啡室里的邂逅。

没想到，那成为攻陷寂寞女孩心房的最佳道具。

在饮料中暗暗掺入安眠药。她们并没有任何痛苦。

只是一管注入胰岛素的针药，她们便安详地，心房慢慢停止跳动了。

但是，那不是谋杀，他也是小心翼翼地，立刻把她们的身体冷藏，用私人飞机运送到那片海去。

只要找到水中花，这些女孩，也会苏醒啊。

她们是圣音的使徒，只是为她奉献罢了。

她们也会心甘情愿的。

因为，她们是那么地爱戴着圣音，沉迷于她的歌声啊。

像追随着魔笛声的小老鼠和小孩一样，听着那乐声，幸福地没入海中消失。

第一个女孩，在喉咙里被发现银吊坠，完全是意外。

他没有发现，当时她嘴里含着银色冰块。

但是，那不也是一个暗示吗？

无法完成为圣音找寻水中花任务而死去的女孩，以银色吊坠为暗号，告诉他，她祝福他和圣音的爱情。

她愿意奉献自己。

她无怨无悔。

她和自己一样，愿意为圣音奉献所有。

于是，那成为他每一次必须完成的仪式。

为了圣音和这些女孩，必须完成的仪式。

明知不智，他还是无法自拔。

他必须在每个女孩身上留下这暗号。那象征着，他所做的不是杀人仪式，而是爱的仪式。

159

但是，三个女孩还是白白牺牲了。

水中花没有让她们起死回生。

为什么？水中花，为什么不拯救这些可爱的女孩们？

第三个女孩从大海漂浮上来时，他知道，是时候放弃了。

已经豁出一切，踏入地狱了，还是无法把圣音带回来。

他只能作出最后的赎罪，和圣音一起沉入那片大海。

然而，就在这时候，他再次获得了"神"的启示。

一定是神的启示吧？哥哥星野凉跟他提起了巫马聪这个人。

哥哥说，他是冥感者。

最厉害的冥感者。

能为任何不可思议事件找出答案的超能力者。

如果是他的话，一定能找到水中花吧？

要怎样，才能让他亲身来这儿，为他找到水中花？

费了好一番努力，终于找到这个男人的弱点。

原本在两年前已退隐江湖的巫马，为他的小徒弟重出江湖了。

一个可爱的小徒弟。

要是那女孩有什么不测，要是那女孩在这片海中浮上来的话，巫马一定会和自己一样，愿意豁出一切，找到水中花的吧？

孔澄就是下一个目标。

然而，那女孩太古怪了。

完全不像是可随便搭讪就上钓的类型。

苦恼了好久。

要怎么办才好?

孔澄的身边,有一个同样可爱的女孩。

叫康怀华。

好像,近来跟男友相处得不好。

而她,更是圣音的粉丝。

"神"再次向他作出启示了。

"就是她!"

康怀华。

她就是饵。

她,会把巫马聪,带到这里。

巫马聪,会替他找到水中花。

161

星野洁从沙发上站起来,从裤袋里掏出钥匙,走进上锁的睡房中。

双人床的旁边,放着一个航空速递新鲜水果的大型冷藏式箱子。

星野洁小心翼翼地掀开盖子。

圣音小小的身体蜷曲着,侧躺在小小的箱子里。

"圣音,你再忍耐一下。一切很快就要结束了。"

星野洁轻抚着圣音的脸。

"巫马一定会为你找到水中花。虽然康怀华似乎白白牺牲了,但是,你不用担心,你很快就可以回来了。因为,我还有最后的饵,最完美的饵。巫马聪无法抗拒的饵。为了那个女孩,这一次,他一定会找到让你回来的水中花。"

星野洁不断轻抚着圣音的长发。

"我想，他们已经在路上了，正朝这儿前来。我的饵和猎物，都已经在途上了。"

星野洁抬起苍白的脸，布满红丝的眼睛，不断滑下疯狂的泪。

Chapter 9　最后的黄昏

门铃响起来。

星野洁深吸一口气，打开门。

"阿洁。"巫马快速环视了客厅一遍，"阿凉呢？"

这个男人仍然不动声色，一脸若无其事。星野洁暗忖。

他身旁的孔澄，双颊红烫烫的，眼神的焦点已有点游移不定。

应该也差不多到达极限了。

她竟然撑了那么久，已经是奇迹。

"哥哥等不到你回来，就劝我去自首了。"

星野洁捋了捋垂在额前的柔软黑发，一脸冷静。

"不用担心。他是我哥哥，我不会伤害他，只是让他暂时睡着了。"

巫马和孔澄不禁呆住。

"你为什么不逃？"巫马注视着星野洁的眼睛问道。

星野洁以清澈的眼神迎接着巫马的注视。

杀人者的眼睛，竟然如此清澈。面前这个人，是真的疯了吧？

对星野洁而言，一切都是神圣的爱的仪式，并不是冷酷的杀人仪式。巫马心情黯淡地思忖着。

"我在等待你们。"星野洁静静地说道。

眼光开始涣散的孔澄，低低地倒吸一口气。等待他们？这句话，到底是什么意思？

"孔澄，你的膝盖还好吧？"

星野洁的眼光落在孔澄的膝盖上。

"热度退了没有？"

巫马和孔澄的视线同时落在那仍红红肿肿的小伤口上。

巫马眼光闪动，脸色微微变白。

"那把伞……"

巫马嘴里喃喃念着，像被电击般呆住了，慢慢露出恍然大悟但难以置信的表情。

星野洁清澈的眼眸里，缓缓滑下一行泪。

"从那一刻开始，已经无法挽回了。巫马，你现在明白我的心情了吗？你要看着她在你面前死去，而你，是无能为力的。"

巫马一个箭步冲前揪起星野洁 T 恤的领口。

"那是什么？那伞骨尖，藏了什么？"

星野洁软瘫着身体任由巫马摇晃着。

"微型气枪。我把如大头针般大小的铂铱合金丸子射进了孔澄的皮肤里。丸上有两个微小的孔，装填了极微量的蓖麻毒。巫马，你和哥哥一样，一定知道你们组织惯用的杀人暗器蓖麻毒的厉害吧？我也是从哥哥那儿听说的。"

巫马的脸色刹那间变得惨白。

孔澄只觉自己的脑袋愈来愈迷糊，巫马和星野洁的身影，在她眼底犹如水中影子般开始晃荡起来。

"那毒药在过去几天，一点一滴从丸子里渗漏出来，渗入她的血液。即使到医院去，医师也只能诊断出她发高烧和呕吐，就算做 X 光检查，也只能检验出白细胞数量在激增。蓖麻毒的毒性是氰化物的五百倍，但是会被人体内的天然酵素迅速分解，在血液内是无法检测出来的。而且，一旦中毒，就无药可救了。"

星野洁的泪水不断滑下，他走到孔澄跟前，用手轻轻抬起她的下巴。

"我也很喜欢她呀。长得好可爱。"

巫马拂开星野洁的手，孔澄突然感到全身乏力，脚下一软，跌进巫马怀里。

"她已经撑不下去了，能撑到这一刻已经是奇迹。巫马，你只能看着她，在你面前，慢慢死去。"

星野洁跪在地上，泪水不断从他脸上滑下。

"不要说我是疯子。巫马，你现在明白我的心情了吗？你也会体验到我的痛苦。即使只是一个虚无缥缈的传说，你会放弃吗？"

星野洁在地上爬着跪到巫马跟前。

"巫马，求求你，救救圣音。要是你的话，一定能找到水中花。一定能把她们都带回来。"

星野洁泪流满脸，像小狗般趴在地上，用双手拉着巫马的裤管。

巫马脊梁僵直，呆呆地站着，无力地凝视着虚空的一点。

"巫马聪，巫马，你要对孔澄见死不救吗？你要看着她在你眼前死去吗？"星野洁歇斯底里地喊。

巫马抽动着嘴唇，好半晌才发出声音来。

"我根本无能为力。"

星野洁一脸晴天霹雳般，瘫跌在地，呆呆地瞪着巫马。

"你是说，你不尝试去找水中花？你不救她？"

巫马突然紧紧拥抱着软瘫在他怀里的孔澄。

"星野洁，我根本不明白你们看到的水中花是什么！我根本没有那个能力！"

孔澄神志迷糊地举起手，紧紧抓着巫马的衣领。

"喂，孔小澄，不要睡。听我说，绝对不要睡。"巫马在孔澄耳畔说。

"怎么了？我……绝对不睡。"

孔澄微张着眼睛，虚弱地喃喃重复着巫马的话。

167

"听好，不要死，绝对不要死。"

"谁要死啊？"孔澄迷糊地眨着眼睛。

"孔小澄，你真笨啊。"巫马的眼里冒出了泪水，"不是一直很不舒服吗？怎么不好好跟我说？"

但那时候，其实已经无可挽回了。

"巫马，我……胸口好紧，好像不能呼吸了。"

"笨蛋，张开嘴来，大力呼吸哦。"

巫马更用力地拥抱着孔澄。

"你……心跳得很大声……"孔澄昏昏沉沉地说，"好好听。像摇篮曲……"

巫马摇晃着孔澄的身体。

"不要闭上眼睛，不要。"

"巫马，我看见那个小岛了。"

孔澄还是闭上了眼睛，声音愈来愈小。

"嗯？"巫马把耳朵贴近孔澄的嘴巴。

"那个，你答应和我一起去，只用吃和睡的小岛。阳光照在我脸上了。"

"不要呓语。喂，清醒一下，这儿根本没有什么小岛。"

"有哦，我看见了，看见了你。你在跟我招手。"

"孔小澄……"

"你的脸背着光，我看不见你的脸。怎么总看不见你的脸？"

"我在这儿呀，在这儿呀，不在那儿。不要过去！"

"巫马，到了那个小岛，我们……会接吻吗？好好地，正式地接吻……"

神志不清的孔澄胡言乱语起来。

巫马感到孔澄的体温不断下降，怀抱里那小小的身体，愈来愈冰凉。

她正一点一滴地离去了。

已经，什么也无法做了。

怀里的孔澄，正一点一滴地，消失到另一个世界去。

巫马无力地闭上眼睛。

"巫马……"

巫马深吸一口气张开眼睛，俯下脸，顺着孔澄的话认真地回答。

"嗯，我们在那个小岛，会做很多很多快乐的事，还会好好地接吻。"

"真的吗？"

"真的。"

"那就好。"

孔澄扬起嘴角，微笑起来。

"对不起，我真的很困，我要睡了。撑、撑不下去了啊。"

"不可以再撑一会儿吗？就只再撑一会儿，好吗？"

"我……真的好困……好冷哟。巫马，好冷……"

"孔小澄。"

"我只睡一睡，只是睡一睡，可以吗？"

孔澄的身体，在巫马怀里痛苦地颤抖着。

巫马的泪水滑下脸，把孔澄的脸颊紧贴在胸前。

"嗯，"巫马点着头，"你……好好睡吧。到了那个小岛后，好好等着我。"

"嗯。"

"好好等着我啊。不要迷迷糊糊地走失了。"

"嗯。"

"一个人也不要害怕。只要好好等着就好。"

"嗯。"

"你这个笨蛋，真的不要走失啊。"

巫马揉着孔澄的头发。

"我……才不是笨蛋……"

"嗯，我知道。"

"巫马……"

"嗯？"

"巫马……"

"嗯？"

巫马把耳朵再凑近孔澄的嘴巴一点。

"嗯？"

但是，孔澄没有再回答他，她曾紧紧抓着他衣领的手，软软地垂下了。

巫马一直静静拥抱着那如小鸟般的冰冷身体，没有发现什么时候已经泪流满脸。

当巫马从呆愣中回过神来，把嘴唇贴上孔澄的唇上时。

那已是一片完全冰冷的唇。

睡美人的魔咒没有被唤醒。

四周，只有沉淀的黑夜、冰冷与寂静。

Chapter 10　太阳花海

深紫色夜空挂着一轮青色上弦月。

巫马抱着孔澄冰冷的身体，一步一步，踏进卷着银色浪花的大海。

海浪一进一退地在巫马脚边翻滚着。

如风铃般清澈透明的海浪声，在静夜里咏唱着。

阴柔的月色。

冰凉的海水。

"我就知道巫马你一定会想办法救她。"

星野洁推着一艘小舟，紧随巫马。

小舟里，圣音白皙的胴体，沐浴在月色中，恍如散发出淡淡的光芒。

星野洁双眸在月色下闪动着妖异之光。

"我就知道水中花一定存在。"

巫马转过脸，以冰冷的眼神望向星野洁。

"还不回头的话，今晚，你就会葬身这片大海。那是你选择的赎罪方式吗？"

星野洁静静望着巫马。

"你是说，你现在要去赴死？"

"嗯。"巫马淡然地点点头。

"你说谎！你一定知道水中花的秘密。为什么不告诉我？"星野洁激动得咆哮起来。

"我不知道水中花的秘密。"

巫马凝视着漆黑的海面。

"我只知道，或许这片海域里，有自然产生的强力磁场，在某些时候，会打开四次元空间的门。你和那些人，因缘际会，曾经掉进四次元空间再回来，只是那样而已。"

星野洁一脸无法置信的表情。

"但我们每个人，都曾看见过水中花啊。"

"我已经说过，我不明白。"巫马摇头说，"如果你那么执迷地相信我的能力的话，那我告诉你，这儿不过是四次元空间的其中一个入口。"

巫马仍然一步一步朝向海中心行走。

"你到底打算干什么？"

巫马停住脚步。海水已淹到他胸前。

"和她一起，去做最后的冒险吧。"巫马掀掀嘴角。

"冒险？"

"四次元空间的谜，一直是我想探究的。如果没有任何牵绊的话，我也好想进入那空间看看。"

巫马脸上浮现出淡漠如影的笑容，俯下脸望望怀里的孔澄。

"如果我们有幸一起掉进四次元空间的话……"

"你到底在说什么？"

"我要打开四次元空间的门。"巫马平静地说。

星野洁一脸迷惑地望着巫马坚决的表情。

"星野洁，你相信宇宙是一个巨大的生命体吗？就像人一般拥有心脏，是一个存活着的生命体。"

星野洁摇摇头。

"那样的事谁知道？"

"世界各地的海域，每次有人突然消失或返回以前，都有一个共同点。"

星野洁愣住了。

"共同点？"

"'巧合'的是，在那些海域里，都刚发生过有人自杀死亡、溺毙、船只翻沉或飞机坠落的意外事件。"

星野洁紧蹙着眉头。

"我一直相信，宇宙上所有生物——人、树木、动物，并不是独立的个体。宇宙里所有东西都是一个庞大的生命共同体。所有东西的过去、现在与未来，都是互相牵连着的。就好像我们都是宇宙这个庞大生命体内的一小部分，是它的一滴血液、一个红细胞、一个毛孔那样。如果所有人、动植物都健全快乐地生活着，我们存活的宇宙，也会快乐地延续着'生命'，或许永不至于灭亡。然而，每一次，当有人、动物或植物受到伤害，宇宙的生命，也会一点一滴地遭受到破坏，一点一滴地崩毁。宇宙的和谐每次被破坏，宇宙的运行也会短暂失衡，就是在那些时刻，四次元空间的门会打开或关闭吧。四次元空间的门何时打开？何时关闭？我想，钥匙在于生命。"

"生命？"

星野洁听得一头雾水。就算什么四次元空间的门，真的会偶尔打开，跟巫马抱着孔澄来到这儿有什么关系？

"你到底打算怎么办？"

"没打算怎么办。我已经说了，只是做一次最后的冒险。"

巫马双眸在月光下闪动着。

一次无法再回头的冒险。

"巫马，你打算用自己的生命，打开四次元空间的门？那有什么意义？"

星野洁目瞪口呆。

"没有什么意义。人死不能复生。"

巫马再看了一眼怀里的孔澄。

那双总是溜溜转，想着什么鬼主意的圆眼睛已经永远紧闭着。

然而嘴角，仿佛挂着一抹微笑。

175

"失去灵魂的身体，消失到哪里去也一样。所以，容许我自私一点，带着她一起去做最后的冒险。"

"要打开四次元空间的门？巫马，你是打算自杀？"

巫马认真地摇头。

"第一个乘搭太空船上太空的人，也是抱着无法回来的心情出发的吧，但那不是自杀。要追求梦想，就必须有所觉悟和牺牲。有些事情，是值得以生命为赌注的。"

"你说谎，你不过是为了救她。即使只有亿万分之一的希望，你祈求着她能跟哥哥或我一样，掉进四次元空间后回来。巫马，你明白了吗？你和我，是一样的。"

巫马转过脸，良久深深地注视着星野洁。

"但我不会牺牲别人的性命。那是我和你，不同的地方。"

巫马冷冷地再看了星野洁一眼，回过头去，一步一步，坚定地踏入大海里。

集中念力。

虽然明知这已是超越冥感者能力的赌博了。

但如果这儿真的存在着四次元空间的入口，请打开来，让我看看吧。

即使永远无法回来，也不会后悔。

巫马在心里默念，再看了一眼怀里的孔澄。

但如果可以的话……

如果可以的话……请让她回来。

是我把她卷进这一切事情的。

"巫马聪，到最后，你和我是一样的。你明白了吗？明白了吗？"

星野洁声嘶力竭地呼喊着朝漆黑海面一步一步前进的巫马。

巫马闭上眼睛，集中全身的能量与念力。

那紧闭的双瞳中，仿佛放射出淡淡青光。

吸收着月色所有阴柔之气的青光。

"巫马聪……"

就在那一瞬，海天相接的远处，好像响起了雷鸣般的鼓动声。

星野洁愕然地瞪大眼睛。

有什么绝对性的力量，正在向他们以极速移近。

像海啸般惊人的浪涛，犹如张开巨口的猛兽，直冲云霄，再张牙舞爪地扑下，朝他们直冲而来。

仿佛怀着恶意要把他们吞噬掉。

这是幻象吗？还是真实？

星野洁茫然地想着，翻身跃进小舟里，用身体紧紧保护着圣音。

我们会永远在一起。

永远。

下一瞬间，星野洁、圣音、巫马和孔澄，全被巨兽吞噬进嘴里，再掷下海中央，朝海床一直沉落。

到最后，巫马仍然紧紧拥抱着孔澄，两人一起，沉没进深蓝色的永恒中。

177

孔澄缓缓张开眼睛。

首先映入眼帘的，是一片蓝宝石色的海。

光辉璀璨的蓝色海面变成了天空，悬浮在视线上方。

身体下，是湿润的泥土。

孔澄的手指缓缓移动，抓了一把红褐色的泥土。

这里是哪里？

孔澄茫茫然地翻身坐起来。

应该存在头顶上方的天空确实不见了。

整个苍穹，都被蓝色海水包裹着。

自己坐着的地方，是一片太阳花田。

约有四英尺高的太阳花，一株一株，在视界中无穷无尽地向四方八面延伸。

成万上亿朵金黄色的太阳花朵，在飘荡着碧蓝海水的"天空"下摇曳，闪闪发光。

发光的花朵。

水中花。

这里是哪里？

孔澄呆呆地站起来。

一刻前，自己不是还在逗子的别墅里，跟巫马在一起的吗？

自己……已经死去了吗？

这就是真正的天堂？

浩瀚的太阳花海大幅度地摇摆起来。

有人正拨开一株株花朵向她走过来。

"星野洁！"孔澄呆呆地呐喊，脚步不由自主地一直往后退。

星野洁的身旁，站着……

圣音。

长发及腰，白衣裙袂飘飘的圣音，眨着清澈如孩童的眼眸望着她。

星野洁的手，紧握着圣音颤抖的手。

这里果然是天堂啊。

还是地狱？

大家都一起死去了吗？

"圣音。"孔澄像想确认眼前的圣音不是幻象般，向她伸出手。

"孔澄。"圣音朝她微微一笑。

那的确是歌声主人的声音。

"结果，我们都死了啊。"星野洁喃喃地说，"不，我好像……曾经……曾经到过这儿。"

有人在身后一把搂着孔澄的肩膀，把她的身体扳过去。

孔澄惊呼一声，映入眼帘的，却是巫马。

巫马好好地站在她面前。

到底发生什么事了？

如果这是天堂或地狱，为什么巫马也会在这儿？

但孔澄还是顾不得那么多，一把扑进巫马怀里。

"巫马！"

巫马微弯下高大的身躯，专注地看着孔澄的脸，用两手包覆着她的脸颊。

"巫马……"孔澄眼里闪出泪光，喃喃地说。

但下一瞬间，巫马却大力捏着她的双颊搓揉着。

"哇，痛呀。"

孔澄气得拂开巫马的手。真的痛得她泪水直冒呀。

巫马脸上却漾起大大的笑容，他摸摸孔澄的头。

"会痛的话就好。"

"到底发生了什么事？这里是什么地方？"

"天堂、地狱或四次元空间吧。"

巫马脸上闪着奇异的神采，抬头看向悬浮在空中，闪着粼光的海面。

"我曾经来过这儿。"

星野洁旋转着身体，环视一望无际的太阳花田。

"发光的花……"

星野洁的视线停在巫马脸上。

"你把我们带进来了！接下来，会发生什么事？"

巫马茫然地摇摇头。

"如果这真是四次元空间的话，我们只有等待。或许永远在这儿漂流，也或许，当四次元空间的门下次打开时，我们会被吐出去。像你十四年前那样，返回人间。"

巫马望望孔澄。

"如果一直被留在这儿，无法回去，你害怕吗？"

"到底发生了什么事？那时候……"

孔澄偏着头，用力眨着眼睛回想。

在逗子别墅里，她倒在巫马怀里。

星野洁说，她的血液中毒，已经无药可救了。

预言已经实现，自己已经死了吧。

但是，怎么竟然还能再见到巫马?!

然而，一切都不重要。

只要能再见到就好。

其他都不重要。

孔澄摇摇头，环视着无尽的太阳花田和蓝色海水。

"我不害怕呀。"

只要和巫马在一起，在哪里都不重要。

即使这儿什么东西也没有。

即使要永远漂流在这什么都不是的时空中，完全不重要。

孔澄傻傻地笑起来。

"这里很好呀。"

"一点也不好。"

圣音的身体颤抖着，声音几若无闻。

"你们是无辜的，为什么要永远漂流在这什么都不是的时空中？"

圣音的声音呜咽起来。

"我害死了那些女孩，还害了你们，一切都是因为我。"

圣音悲伤地哭泣起来，全身颤抖，哭得声嘶力竭。

"圣音，能回去也好，不能回去也好。重要的是，我们在一起了。即使是神，即使是命运，即使是死亡，也无法分开我们。"

星野洁心痛地搂着圣音。

在星野洁怀里，圣音慢慢止住了哭泣。

她抬起脸，以无比悲伤的神情，凝视着星野洁。

圣音抬起右手，像碰某个易碎的幻影般，抚摸着星野洁的眉毛、眼睛、鼻梁、嘴巴、下巴。

"阿洁，你为什么不明白？那天黄昏，我们能遇见，已经没有遗憾。因为遇见了，才没有遗憾。神对我们一点也不残酷。

如果那天没有遇见你，我才会寂寞地死去。因为跟你邂逅了，因为找到了你，我很幸福。在那一刻死去的我，还是很幸福的啊。"

一颗颗晶莹的泪珠再次滑落圣音脸庞。

"你把一切破坏了。原本幸福地死去的我，因为你和爸爸的执念，才无法安息，才要永远哼唱着悲伤的曲调。"

"圣音，我……"

"能有过那一瞬的我们，明明很幸福啊。你为什么不明白？"

圣音悲凄地把脸贴上星野洁肩头，用双手不断捶着他的胸膛。

"你为什么不能明白？为什么？"

星野洁颓然跪跌地上，圣音也跟着他，一起滑跌在红褐色泥土上。

过了好久好久，圣音离开星野洁的怀抱，缓缓站起来，在身旁摘下了一朵高至她肩膀的太阳花。

圣音用手背抹掉泪，右手握着太阳花，重新在星野洁跟前跪下来。

圣音脸上泛起一抹朦胧的微笑，向前倾身体，深深拥抱着星野洁，同时间，举起右手里的太阳花枝，朝他的背上猛力插进去。

星野洁脸上的表情顿时凝结了，呆呆地望着圣音。

圣音脸上再度流下了泪。

她流着泪，加紧手上的力度，太阳花粗大尖锐的花枝穿透星野洁的胸膛，再穿透了她自己的身体。

两人体内汩汩流出的鲜血，在红褐色泥土上，像小河般流动。

一切在电光石火间发生，巫马和孔澄还没反应过来。

星野洁喘息着扶着圣音的肩头。

圣音更深深地紧抱着他，穿透着太阳花枝的两个身体之间，完全没有半点空隙。圣音把下巴枕在星野洁的肩头上。

"一切都结束了。"圣音静静地说。

"圣音，我爱你。我……爱着你啊。"

星野洁扭曲着脸，痛苦地呻吟起来。

圣音闭上眼睛，轻轻点头。

"我也爱着你。"

圣音安详地把脸蛋贴在星野洁肩上，柔柔地哼起曲调。

像叹息般，轻轻用鼻音哼着。

涤尽了悲伤，温柔恬静的嗓音。

直至拥抱在一起的两人，一动也不动了，血还是在泥土地上淌流着。

像小河般的两道鲜血，慢慢汇聚在一起。

圣音的嗓音，也恍似一直萦绕在空气中，低回不散。

"为什么？圣音为什么要那么做？"

孔澄呆呆地流下泪来。

"好不容易，穿过时空异域，不可思议地起死回生了啊。"

孔澄抽着鼻孔，眼泪汩汩流下。

巫马也默然无语。

头上湛蓝的海水却倏然震动起来。

巫马猛然抬起头，恍然大悟地低语：

"圣音把门再次打开了！"

那碧蓝的海水天幕，不断向下倾沉，朝巫马和孔澄的上方一寸一寸坠下。

孔澄畏缩地抬起头。

"巫马。"

"我们要再被卷进去了。"

孔澄怯怯地眨着眼睛。

"我们可以回去吗？"

巫马用双手扶着孔澄的肩膀，深深注视进她眼眸里。

"听好，我们两个，未必能回到相同的时空中。"

孔澄一时之间无法听得明白。

"说什么？我们要不一起留下来，要不一起回去。"

巫马摇头。

"我们都不明白四次元空间的奥秘。我们或许还是会继续在这静止的空间漂流，或许会被吐回过去，或许会被吐到未来，也或许会返回消失的瞬间。"

"我不要。我不想啊。"

"我想你能回去呀。"

巫马以柔和的眼神望着孔澄。

"然后，你会忘了这儿的一切。如果，只是如果，在那边的世界，我消失了的话，答应我，不要哭，绝对不要哭。"

"巫马。"

巫马微微一笑。

"不是你说的吗？跟康怀华分别时，你说，那不是永别。某一天，在某一个地方，一定会重遇。"

孔澄不断摇头。

"我不要。"

"已经没有时间了。"

巫马抬头看向就要淹向他们的海水，把孔澄拉到他怀里。

"可以的话，不要放开手。"

"我不会放开哦。"

孔澄紧紧抓着巫马。

巫马绕起臂弯，把孔澄像小鸟般紧紧包裹在怀里。

"记着，不要哭啦。"巫马在孔澄耳畔说，"如果只有我一个人能回去，我也不会哭的，会天天去看比基尼女郎，然后忘记孔小澄。"

"巫、马、聪。"

"所以，谁也不要哭。"巫马说。

然而，在海水把他俩和太阳花田一起淹没前，一瞬间，孔澄好像感到一滴泪，滴落她脸上。

Chapter 11　未完成的乐章

五年后

孔澄在海边的小木屋里，把印着彩蓝色"营业中"字样的白色亚克力牌，挂在被海风吹拂得有点腐朽的木门上。

星野凉在店内把不同花色的滑浪板酷酷地排放在一起，时而抬头看向窗外的晴空。

"今天是假日，生意会好一点吧？"

听见星野凉的话，孔澄反射性地眯起眼睛，抬头看了看万里无云的蓝天。

"嗯。"

孔澄以充满干劲的声音回应，用力点头，返回店内，整理着陈列架上令人眼花缭乱的比基尼泳装。

"老板、老板娘，早晨。"

在旁边餐饮店打工的小伙子，边捧着甜甜圈和咖啡进来边嚷嚷。

"你们点的早餐，专人送到。"

头发挑染成金色，左耳垂挂着两个银耳环的小伙子，放下早餐后，还在店内磨蹭，从牛仔裤袋里掏出香烟包，甩出香烟，微俯下脸擦亮火柴。

孔澄有点失神地看着小伙子的侧脸。

眼帘里，重叠上某人的脸。

某个突然消失了一去不回的人。

三年前的某一天，孔澄从大海回来了。

不知怎么地，孔澄发现自己在海水及肩处，茫茫然地走着。

嘴里吸进了一口咸咸的海水。

然后，回忆像电影般在脑海浮现。

自己在逗子的别墅里，倒在巫马怀里。

是无药可救的血液中毒。

然后……怎么会在这片海中走着？

孔澄被带到警察局。

如果警察局墙上挂着的日历不是恶作剧的话，距离她回忆中的那一天，已经过了两年。

一段完全空白的岁月。

不，脑海里，有一幕恍恍惚惚的影像。

189

发光的花。

好像曾经见过，闪着光，奇异的花。

孔澄想起巫马在客机中跟她说过的话。

那片海，是四次元空间的入口。

那么，自己曾掉进四次元空间然后再回来吗？

但她没有返老还童，也没有一夜白发，像消失的瞬间那样，发肤丝毫无损地返回。

眼神里闪现出难以置信的兴奋神采，来到警察局接她的，是星野凉。

"我就知道，你们一定会回来。你和巫马，一定会回来。"

总是面无表情的星野凉，第一次激动地把孔澄拥在怀里，流下泪来。

"巫马，巫马呢？"孔澄着急地问。

星野凉拉开身体。

"巫马、你和阿洁，在两年前一起失踪了，一直没有消息。我从昏睡中醒来的第二天，你们就全都不见了。"

"你是说巫马消失了？到哪里去了？"

孔澄焦急得猛拉着星野凉的衣袖。

"巫马一定曾经和你在一起。既然你能回来的话，或许巫马也安然无恙。"

到底发生过什么事情？

为什么自己记不起来呢？

孔澄彷徨地想了又想。

为什么？

一点也记不起来？

孔澄急得直想哭，可是，奇怪的是，无论怎样，泪水也没有落下来。

回来以后，她变成了一个不会哭的人。

那就是从大海带回来的礼物吗？

为什么无法哭？

"巫马一定会回来，一定会。"

从此以后，孔澄每天都不断在心里跟自己说。

"喂，小子，抽完烟快回店里去吧。你过来偷懒，待会你店长又会跟我碎碎念。"

星野凉拍拍小伙子的额头。

孔澄回过神来，也反射性地摸了摸额头。

巫马总爱用手指弹她的额头，然后可恶地吃吃大笑。

"哇，痛呀。"她每次总是气呼呼地嚷嚷。

回忆中的画面，是那么鲜明。

仿佛伸出手，就能回去那个时间、那个地方。

那些，曾经和巫马一起共度的时间和地方。

"老板和老板娘真好呀，总是那么和和气气的，又从不吵嘴，大家都好羡慕呢。我将来也讨个外地来的老婆吧。"

小伙子搔着一头乱糟糟的长发说。

"那可是要前世积福的。小子，还不滚回店里工作呀？"

星野凉四两拨千斤地带过话题。

星野凉和孔澄的目光碰触，交换着心意相通的眼神。

多亏星野凉，拥有那张结婚证书，孔澄才能一直留下来。

两人都在等待同一个人。

那一个，可能永远不会再回来的人。

拥有夫妻名分，关系微妙的男女，一起，日夕在海边小屋等待着。

过去三年，孔澄也变成一个愈来愈像样的冥感者了，其间也替秘密警察组织侦破了一连串奇幻事件。

然而，已经不会再看到巫马赞许的目光了。

事实上，如果有一天，巫马真的回来的话，或许也会很头痛吧。

有一男一女，一直凝望着同一片大海，等待他回来。

那一定会令他很伤脑筋吧。

小伙子嘴里又叼起一根新的香烟，大模大样地走向小店门口。

"那我回去啰。待会再见。"

小伙子踢着拖鞋，走过沙滩，朝挂着红白布篷的餐饮店走回去。

"今天浪头很大，会有很多人来冲浪吧。"星野凉嚼着甜甜圈，呷着热咖啡说。

孔澄把手肘挂在小店面向大海的玻璃窗前，默默凝视着一片苍蓝的大海。

水天一色。

令人打从心里想哼起轻快曲调的美丽景致。

孔澄心里，也有一首未完成的乐曲。

曾经隐约听过一个个美丽的音符，恍惚地流过耳畔。

在还来不及侧耳细听，抓着每个美丽音符的轮廓时，那完美乐章的音符，却永远消失了。

像眼前这片神秘的大海，可望而不可即。

从一开始，就注定是那样的吧。

爱是完全的付出和完全的孤独。无论一起厮守或永远分离。巫马曾经那样说。

五年后的今天，孔澄渐渐明白了。

那样就很好。

真的很好。

"或许，巫马不会回来了。"三年来，星野凉第一次那样说。

"嗯。"孔澄望着没有尽头的大海点头。

"毕竟，那很像巫马的作风。"

"嗯。"

"而且，要是真的回来，变成白发老人或小孩子怎么办呢？我可受不了那样的打击。"星野凉鼻音重重地说。

"说的也是。"

"我看，或许巫马被吐到遥远的过去，在深山中跟野人在一起打猎。又或许，被吐到遥远的未来，在帅帅地驾着飞行车啦。"星野凉以很有说服力的口吻说。

"他一定会乐在其中的吧。"

孔澄用双手支着脸颊，想象着那样的巫马。

巫马微弯下腰的高大身影，又在眼前浮现。

吊儿郎当的笑容。

俯下脸点烟时，酷酷的侧脸。

认真想事情时，眼里划过那道深邃的光芒。

把她当成小狗般摸着她的短发时，宽厚的大手。

偶尔偶尔，会让她舒服地贴着的暖暖胸膛。

那一个，还未实现的吻。

在热带岛屿里，一起吃和睡，那闪闪发光的梦想，或许，也已经永远不会成真了。

孔澄仰起脸。

泪水即使在眼眶里打滚，还是没有流下来。

193

"谁也不许哭。"耳畔仿佛响起巫马的声音。

回忆里，却不记得巫马曾说过那样的话。

自己好幸福哦。

真的。好幸福。

完全没有遗憾的。满心幸福。

或许，那乐曲早已在心里完成了，只是自己还未发现而已。

有一天，一定能侧耳倾听到，那一串串完美的音符。

即使一个人，那乐曲也会一点一滴地，在未来的岁月里，在心里慢慢滋长成形。

星野凉站起来，走到孔澄身旁。

两人肩并肩，默默地透过窗户望着大海好一会儿。

星野凉把手环在孔澄肩上。

"拜托你，偶尔也哭一下吧。即使是我这个面具男，偶尔也会在晚上抱着枕头哭呢。"

孔澄笑笑。

"因为阿凉从一开始就注定要失恋的咧。"

星野凉捏捏孔澄的肩膀。

"说的也是呀。"

星野凉搔乱孔澄的短发，回到柜台后选了一张 CD 片子放进音响器材内。

清灵的纯音乐在小小的店内流泻。

那乐声，又让孔澄回想起跟巫马第一次在古董店邂逅时，巫马的店内回荡着的音乐。

如果能再一次回到那个时间、那个地方。

孔澄甩甩头，深深吸一口气。

那个时间、那个地方，从来就没有流逝，没有消失吧？

孔澄微微一笑，回过神，拿起抹布，在窗户上呵着气，努力把看得见海的窗户，抹得晶晶发亮。

沙滩上，有几个穿着比基尼泳装的女郎，边啜着果汁冰棒，边高声谈笑。

真好哩。

孔澄想着，打开小店的窗，边感受着舒爽的海风拂在脸上，边目不转睛，羡慕又妒忌地看着几个女孩靓丽的身材。

那些是 36D 的胸罩杯吧？如果巫马在的话，一定看得鼻血直流了。

195

孔澄不禁泛起会心微笑。

沙滩上那几个性感女孩的谈话声断断续续地传进店里。

"那个白头男的眼光好色呀，我看他要流鼻血了。"

身穿金色小鱼图案绿色泳装的女孩吐吐舌头。

"年纪是大了点，不过也长得蛮帅的呀。他过来搭讪的话，我也会考虑考虑啦。"

穿着白色樱花泳装，长得最美的女孩嘻嘻笑。

孔澄手里的毛巾掉落地上。她连跑带跳地冲出店外，停在女孩们跟前。

女孩们被吓了一跳，瞪着她。

"请问，白头男在哪儿？"

孔澄双眼发光地问。

"欸？"

女孩们以匪夷所思的表情瞪着她，面面相觑。

"那边啦，卖冰棒的小车前。"

樱花泳装女孩指指海滩远处。

"谢谢，谢啦。"

孔澄边嚷嚷边朝冰棒车的方向拔脚就跑。

待会告诉阿凉的话，他又会说那句老话吧？

"你也够了吧。天天捕风捉影，由冥感者变成色魔侦探，那可是相当程度的堕落喔。"

孔澄甩甩头。

那可是巫马唯一的记号呀。

江山易改，本性难移。

说不定他早就回来了，忘了她，每天追着性感妞儿跑。

孔澄奔跑的脚底下踏过烫热的细沙，一心一意朝着冰棒车冲去。

冰棒车前方不远处的海边上，好像的确站着一个白头男子。

孔澄的心咚咚跳着，朝男人的方向跑。

背光的侧脸，完全看不清男人的模样。

怎么看不清楚呢？

就要跑近他了，在那千钧一发的一刻，孔澄却被石头绊倒，咚咚地，像小狗般四脚趴开地跌在沙滩上。

脸颊栽进沙堆里。

一头一脸的细沙。

孔澄狼狈地抬起脸来。

是自己的错觉吗？

男人逆光而无法看得清的脸孔，仿佛咧开嘴巴在笑。

孔澄呆呆地不断眨着眼睛。

浪涛的交响乐，在耳畔激动地奏鸣。

夏日骄阳，亮晃晃地刺进眼帘内。

（完）

197